シフォン文庫

償いのウェディング

～薔薇が肌を染めるとき～

水島 忍

集英社

償いのウェディング
～薔薇が肌を染めるとき～

イラスト／氷堂れん

第一章
麗しの貴族

「ほら、彼女よ」

「噂《うわさ》の……ね。まったく、恥晒《はじさら》しだわ。よく、のこのこと舞踏会に顔を出せたものね」

「宿屋で男と二人きりだったんですって？　もう、彼女はおしまいね。田舎《いなか》に引っ込んで、一生、独身で過ごすしかないんじゃないの？」

蜂蜜《はちみつ》色の髪を綺麗《きれい》に結い上げたシャーロットは、わざと聞こえるように囁《ささや》かれた自分の陰口を耳にして、唇を噛《か》んだ。青い瞳が苦痛に細められる。

この広い舞踏室の隅で、何もせずに立っているのを、みんなはちらちらと見ていた。彼女達は今春、一緒に社交界にデビューしたばかりのデビュタント達だった。ついこの間まで、親しく話をしていたのに、今はこうして陰口を叩かれるばかりで、話しかけてもこない。もちろん、自分が話しかけようとしても、背を向けて、拒絶するだけだ。

でも、彼女達の言うことは真実だわ……。

あれは、わたしの過《あやま》ちだった。今ははっきりとそう言える。あんな人を信用したばかりに、わたしは地獄に落とされた。そして、一生、あの過ちのつけを払うことになるのよ。

扇《おうぎ》を持つ手が震える。手首にぶら下がっているダンスカードには、一人の名前も書かれていない。きっと、このまま舞踏会に出ていても、誰からも声をかけられることはないだろう。

ふしだらな娘……。

それが、自分に着せられた汚名だった。

こうして社交界で晒し者になっていても、誰も庇《かば》ってくれる人はいない。ただ一人、庇うべき人物はここにはいない。どこかに行方《ゆくえ》をくらましてしまった。恐ろしいことに、彼はまともに自分の名前も告げてはいなかったのだ。

彼の名はグリフィン。シャーロットが知っているのはそれだけだった。他に知っているのは、恐らく貧乏な貴族であること。それから、初対面の女性をうっとりさせるような素晴らしい容姿の持ち主であること。そして、優しい紳士であること。……いや、紳士であるように見せかけることができること、だ。

名前も立場もろくに知らない男の手管《てくだ》に落ちて、自分は純潔を失ってしまった。彼が紳士であるはずがない。紳士であるなら、社交界で自分がこんな目に遭《あ》っているのに、救いの手を差し伸べないわけはなかった。

たとえば、正式に結婚を申し込むとか……。

結婚すれば、このスキャンダルから逃れられる。過ちは過ちではなくなるのだ。正しい相手に純潔を捧げたことになるのだから。

けれども、グリフィンはあの日以来、姿を見せなかった。彼はたった一度シャーロットを抱いたことで、満足したのだろう。シャーロットがいくら望んでも、彼は会いにこようとはしなかったし、もちろん結婚する気もないのだ。

あれは、ただの遊びだった……！

シャーロットは彼の笑顔や優しい言葉や、そんなものに騙《だま》されて、恋をしていた。しかし、彼にとっては、大した意味のあることではなかったのだ。彼はスキャンダルの渦中《かちゅう》に自分を残したまま、去っていったのだから。

舞踏会では、音楽が演奏され、多くの人が踊っている。けれども、自分はその輪の中には入れない。スキャンダルで弾き飛ばされてしまった。

わたしはここにいる意味さえないというのに……。

どうして、いつまでもここに立っていなくてはならないの？

シャーロットは、少し離れたところで年老いた紳士と話し込む父の姿をちらっと見た。そして、溜息をつく。

父にも判っているはずだ。もう、社交界にはわたしの居場所がないということは。

それでも、父はこうして自分を舞踏会に連れてきては、人の噂話の的《まと》にさせておくのだ。これはもう、父の嫌がらせと言っていいのかもしれない。それとも、父はまだ望みがあると思っているのだろうか。金持ちの紳士が娘に興味を持つかもしれない、と。

そう。父はシャーロットに金持ちの花婿を見つけるつもりだった。シャーロットはまだ十八歳で、社交界にデビューしたばかりだ。結婚なんて考えてもいなかったが、父はそうではなかった。できるだけ早く、できるだけ金持ちに、娘を売りつけたいのだ。

父は金の亡者だから……。

娘の幸せなど考えているはずがない。相手が裕福でさえあれば、どんな男でもいいのだ。たとえば、今、父が話している年老いた紳士でも……。

シャーロットはぞっとした。社交界ではスキャンダルの的になったとしても、若い女性であれば結婚したいと思う男はいるのかもしれない。祖父と孫娘というほど歳《とし》が離れていても。

父は突然、肩を強張《こわば》らせたかと思うと、こちらを振り返った。憤然《ふんぜん》とした表情で見られて、シャーロットは目をしばたたく。父は年老いた紳士にろくに挨拶《あいさつ》もせずに、こちらに近づいてくると、シャーロットを傲然《ごうぜん》と見下ろした。

「帰るぞ」

「……はい」

もとより、こんなところには来たくなかった。だから、帰ると言われれば、嬉しい。先に立って歩く父は肩を怒らせている。あの老人との会話はきっと不愉快なものだったのだろう。

父は田舎の小さな地主の家に生まれたが、それから自分の紡績《ぼうせき》工場を持つまでに出世した。そして、意気揚々《ようよう》とロンドンに乗り込んだのだが、田舎の工場主は相手にされなかった。だから、死に物ぐるいで金儲《かねもう》けをし、更なる金儲けの道具として娘を利用しようとしていた。

だが、その野望を、シャーロットが打ち砕《くだ》いてしまった。スキャンダル塗《まみ》れの娘など、価値がないからだ。

シャーロットは父と共に馬車に乗り込んだ。馬車が動き出すと、父は愚痴《ぐち》を言い始める。

「あの老いぼれめ……！　おまえをもらってほしければ、金を積めと言いおった。冗談じゃない！　おまえを社交界にデビューさせるために、どれだけの金をつぎ込んだと思っているんだ。せめて、元が取れなければ、なんの意味もない。私はおまえが金になると思ったから投資したんだ！」

父にとっては、自分は投資の対象だったのだ。そして、金儲けの道具として用をなさなくなった瞬間から、自分は父にとってただのお荷物となってしまった。

「わたし……もう舞踏会に出ても意味はないと思うの……」

控えめに意見を口にすると、鋭い目つきで睨《にら》まれた。

「そうだな。もう、おまえには愛想が尽きた。しばらく、外には出るな。この恥さらしめ！」

胸を抉《えぐ》るような言葉だったが、そう言われても仕方がない。グリフィンの誘惑に負けた瞬間から、自分は世間に顔向けができない存在となってしまったのだから。

霧が出た夜道を、ガス灯が青白く照らしていく。シャーロットはその光景を窓から眺めながら、いつしかグリフィンのことをまた思い出していた。

彼と過ごした日々。

彼に恋した愚かな自分のことを……。

そして、彼の優しげな緑色の瞳を。

その日、シャーロットはいつものように弟妹と乳母のナンシーを連れて、広々とした公園へと散歩に出ていた。

自分の社交界デビューのため、一家でロンドンに来て、もう一ヵ月は経っている。その間、こうして毎日のように、天気がいい日は散歩に来ているのだ。

シャーロットには幼い弟妹がいる。自分が十八歳で、弟は七歳だ。妹が四歳。そこまで歳《とし》が離れているのは、シャーロットの産みの母が病に伏せって、ずっと寝たり起きたりの生活だったからだ。八年前に亡くなり、父はすぐ若い女性と再婚した。そして、生まれたのがこの弟妹だった。

継母のロレインとは折り合いがいいし、弟妹も可愛《かわい》くて仕方がない。父が母の死後、すぐに再婚したことはショックだったが、それも仕方がないかもしれない。父は娘ではなく、息子が欲しかったからだ。どのみち、父も母も愛し合ってはいなかったのだ。そもそも、母の闘病生活の間、父には愛人がいた。幼いシャーロットにも判るくらい露骨な付き合い方だった。

だから、父とはそういう男なのだと、昔から思っていた。この春からシャーロットを社交界にデビューさせたが、その目的も娘のためというより、自分の都合のいい相手を花婿に選ぶためだった。

父には情というものがないのかもしれない。ロレインにも大して優しくはない。しかし、ロレインの実家は今は没落しているが、当時は裕福で、持参金はたっぷりあったという。結局は、父自身も都合のいい相手としか結婚していないのだ。

シャーロットの産みの母だけは違っていた。母は美しかったが、実家には財産などなかった。美しさ故に、父は母を娶《めと》ったのだ。しかし、病のせいで美貌《びぼう》が衰えてくると、見向きもしなかった。母は父に気遣われることなく、離れのような場所で生活させられていた。

母が危篤《きとく》になると、シャーロットは母に会わせてももらえず……。

それを思い出すと、父のことが憎くなってくる。とはいえ、憎んでも仕方がない。父はそういう人間で、シャーロットには変えられないのだから。それに、どんなにひどい男でも、父は父だ。育てられた恩というのもあるし、自分がこうして安穏《あんのん》とした暮らしを送れるのも、父のおかげなのだ。

ともあれ、シャーロットはこうして幼い弟妹の世話をするのが好きだった。

散歩をしたり、弟を追いかけたり、妹と歌ったり……。公園内には、たくさんの上流階級の面々が集まっていて、散歩はもちろん乗馬をする人も多い。社交の場でもあるのだが、シャーロットは弟妹を楽しませる場所だと思っていた。

舞踏会では気取った挨拶《あいさつ》も必要だろうが、この空の下でまで社交に励《はげ》む気にはなれない。父が知ったら怒るだろうが、どうせこの時間のことなど父は何も知らない。というより、最初から関心がないのだ。

「お姉ちゃま、これあげる」

妹のルビーが拾った葉っぱを、シャーロットに渡した。

「綺麗《きれい》な葉っぱね。ありがとう」

シャーロットがにっこり笑うと、ルビーはニッと笑った。すると、弟のニックが馬鹿にしたように鼻で笑った。

「葉っぱなんて拾って、なんになるんだよ？　馬鹿だなあ、ルビーは」

ニックの憎まれ口を聞いて、ルビーはたちまち泣き顔になる。

「馬鹿じゃないもん……」

「そうよ。ルビーはお利口さんで、優しい女の子よね」

シャーロットが屈んで、ルビーの髪を撫《な》でてあげる。

「ほら、あそこにお花が咲いてるわ。小さなお花ね」

ルビーは駆け出して、花の傍へと向かった。ニックはそれを見て、面白くなさそうに小石を蹴《け》った。

「ああ、つまんない。女の子の遊びなんて退屈だよ。僕、ポニーが欲しいのに。ポニーがいれば、楽しいよ！」

「そうね。ポニーがいればいいのにね」

「ポニーがダメなら、馬でいいよ。ねえ、お父様の馬に乗ってみたい」

「お父様がいいとおっしゃったら、乗せてあげるわよ」

　ニックはガックリしたような表情になり、唇を尖《とが》らせる。父は子供を馬に乗せたくないようだった。危険だからという理由をつけているが、子供に乗馬の練習はまだ必要ではないと思っているだけだ。もちろん、ポニーを買ってやる気もまったくないようだった。

　ニックにしてみれば、同じくらいの年齢で乗馬の練習をしている子を見かけるから、自分も乗りたいはずだ。

「お姉様くらい大きくなったら、馬に乗れるよね？」

「ええ、きっと。お父様も安心して、馬に乗せてくれるはずよ。そのためにも、いっぱい食べなくてはね」

「判ってる。好き嫌いしちゃダメだって言うんだろ？　お姉様もお母様もナンシーも、みーんな同じことを言うんだから」

　ニックがまた口を尖らせると、乳母のナンシーが笑った。

「坊ちゃま、そんなことばかりなさっていると、お口が尖った顔になっちゃいますよ」

「いいもん。僕、こんな顔だもん」

　ニックは自分の両手で頬《ほお》を摑《つか》んで、変な顔をしてみせる。そして、それを見たルビーがさっきまで泣きそうになっていたのに、今度は笑い転げた。

「お兄ちゃまの顔、変！」

「ルビーもしてみろよ。ほら……」

「やだ。自分でやる！」

ルビーはニックの手を退けて、自分の柔らかい頬をつまんでみせた。ニックと向き合って、お互いに変な顔をしては笑い合っている。なんてのどかな午後だろう。シャーロットはこの時間が何より好きなのだ。

正直言って、まだ結婚なんてしたくない。父は早く結婚させたいと思っているようだが、結婚するということの意味が、シャーロットにはまだピンとこなかった。

男性と、一生を共にするなんて……。

ダンスを申し込まれて踊ったり、話したりすることはあっても、特定の男性と親しいわけでもないし、向こうも大してこちらに興味があるようには見えなかった。当たり障《さわ》りのない話をするだけの関係で、興味の持ちようもなかった。

いずれは結婚して、子供を持ちたいとは思っているけど……。

それはもっとずっと先のことのように思えた。とにかく今は、結婚なんてしたくない。小説でよく読むような恋をしてみたいとも思うが、胸がときめくような男性にもまだ出会ってないのだ。

「ニック、ルビー。あの木まで競争よ」

シャーロットは二人に合わせて、走り出した。ニックは速い。たちまち木に辿《たど》り着き、得意い。


そうな顔でシャーロットを見た。

「お姉様、遅いよ。そんなドレスなんて着てるから、遅くなるんだ」

確かに、シャーロットの脚は何枚も重ねてつけているペチコートに阻《はば》まれて、速くは走れない。

「仕方ないのよ。レディはドレスを着るものでしょ」

そもそもレディは人目のある公園で、子供と一緒に走ったりしないものだが。

少しはしたなかったかと思い、シャーロットは辺りを見回した。すると、すぐ近くで木にもたれかかり、こちらを見ている紳士の姿が目に入った。

年齢は三十歳くらいだろう。身なりは地味だが、仕立てのいい服を身につけている。襟足《えりあし》の長い金髪に緑の瞳を持つ男性で、身長は高く、均整の取れた体格をしていた。整った顔立ちだが、単に美しいというより、独特の雰囲気を持っていて、目つきに色気のようなものを感じてしまう。

彼はいつもこの時間にここを散歩しているようで、よく見かける男性でもあった。時々、こんなふうにこちらをじっと見ていることもある。もしかしたら、子供好きなのかもしれない。目が合うと、彼は会釈《えしゃく》をする。シャーロットも会釈を返した。一度も話したことはないが、こうして何度も会釈だけは交わしたことがあった。

社交界では見たことがないから、上流社会の人間ではないのだろうか。といっても、シャーロットも上流階級に属しているかどうかは微妙なところだ。父がジェントリーだといっても、ロンドンの社交界に顔を出せるくらいに財産を築いたのは、紡績工場のおかげなのだ。その点で、成り上がりのような印象を、周囲に持たれていることは間違いない。

シャーロットはふと彼が近づいてくるのに気がついて、驚いた。いつもは、会釈し合った後、彼はさり気なく場所を変えるのに、今日は違う行動を取っている。

「よく、ここで会うね」

初めて声をかけられた。

シャーロットは何故だかドギマギしてしまった。今まで、何度も見たことがある人なのに、声をかけられると、急に身近な人に感じられたからだ。

近くで見ると、彼の顔があまりに美しくて、シャーロットは自分の頬が熱くなってきたことに気がついた。

わたしったら……。一体、どうしたのかしら。

彼の顔が綺麗だからといって、のぼせ上がってはいけない。人は顔だけで判断するものではないと思うからだ。けれども、理屈ではないのだ。彼の緑の瞳にじっと見つめられると、どうしようもなく胸が高鳴ってきてしまう。

だって、こんな人と話すのは、初めてなんだもの。まして、紹介もされていないのに、いきなり話しかけられるなんてことは、普通はないんだもの。

舞踏会で、いろんな男性と踊ったことがある。しかし、こんなふうにときめいたことは、一度もなかった。

「はい……。あの……弟と妹を散歩に連れてきているんです」

彼はニックとルビーを見て、微笑《ほほえ》んだ。

「ずいぶん歳が離れているようだ」

「ええ。私の母は亡くなりましたから、二度目の母の子なんですよ。こんなに歳が離れていると、もう可愛くて仕方がなくて」

自分の子供というほど離れているわけではないが、感覚としてはまさにそうかもしれない。生まれたときから、何かと面倒を見てきたから、弟妹というより、甥姪《おいめい》に接しているような気分だ。

もっとも、自分には甥も姪もまだいないから、友人の親戚《しんせき》付き合いを見ていて、そう思うだけだ。

「そうだろうね。君はまるで母親みたいだった。……ああ、いや、失礼だったかな。私は散歩の途中で、君達をここで何度も見かけていたから、初めて話すような気がしなくて。迷惑だったら、今すぐ立ち去るが？」

そんなふうに言われて、迷惑などと言えるはずもない。もっとも、シャーロットの今の気持ちは、迷惑どころか、彼の顔に見蕩《みと》れて、ずっと話していたいと思っていた。

「いいえ、わたしも同じです。初めて話すのが不思議なくらい。お互いほぼ毎日のように、ここで会っていましたから」

示し合わせていたわけではないが、互いに時間を守って、ここにいるように気をつけていたのだろう。少なくとも、シャーロットの側はそうだった。

自分には関係ない男性だと思いながらも。

「私はグリフィン。君は？」

まるで、親しい友人か何かのように、ファーストネームだけを名乗った。しかし、この空の下では身分も何も関係ないような気がしていた。シャーロットは微笑みながら、自分も名乗る。

「わたしはシャーロットです。シャーロット・メイヤー」

グリフィンは微笑みながら、首を横に振る。

「苗字《みょうじ》は聞かなかったことにしよう。私の親しい友人には、ただのシャーロットでいてほしい」

親しい友人ですって……。

シャーロットはくすぐったいような気分になった。彼のような見目麗《みめうるわ》しい男性から、そんなふうに言われたのは初めてだった。舞踏会でダンスを踊っても、ああいう場ではすぐ緊張してしまうシャーロットは、大して人気者にはなれなかった。会話が続かず、男性を退屈させてしまうからだった。

けれども、彼は素のわたしを知っているから……。

弟妹と笑ったり、歌ったり、走り回っているところまで。

「私の苗字も身分も、君は知らなくてもいい。私のことを、グリフィンと呼んでもらえるかい？」

「ええ……グリフィン」

照れながら、彼を名前で呼んだ。すると、彼はとても嬉しそうに微笑んだ。

「……シャーロット」

初めて話す相手なのに、こうしてファーストネームで呼び合うと、彼の言う『親しい友人』の間柄にぐっと近づいたような気がした。

そのとき、シャーロットのスカートをルビーが摑《つか》んで、引っ張った。

「ねえ、お姉ちゃま、お池に行きたい。鳥を見たいの」

ルビーはグリフィンのことを警戒している。見知らぬ男性にはいつもそうなのだ。

彼はルビーににっこり笑いかけた。そして、彼女の目の高さまで屈む。

「君の名前は？」

「あたし、ルビーっていうの」

「ルビーか。可愛い名前だね」

たちまち褒められたルビーは機嫌がよくなり、にこっとわらってみせた。

「あなたは、なんて言うの？」

「グリフィンだよ」

「グリフィンも一緒にお池に行こうよ」

ルビーは最初こそあまり懐かないが、一旦、相手に対する警戒心を解くと、こうして急に馴《な》れ馴《な》れしくなるのだ。

ニックが横からふんと笑った。

「なんだよ、甘えっ子」

グリフィンの視線がニックに移った。ニックにしてみれば、父親は遠い存在だったから、大人の男性が関心を示してくれたことが、嬉しかったようだ。わざとらしく、小石を蹴《け》って、グリフィンを見上げた。

「君の名前は？」

早速《さっそく》、彼に訊かれて、ニックは笑った。

「僕、ニコラスっていうんだ。ニックって呼ばれてるけど、本当はニコラスだから、ニコラスって呼んでほしいな」

生意気な言い方だが、グリフィンは気にしなかったようだ。

「ニコラスか。よろしく」

「で、お兄さんのことはグリフィンって呼んでいいの？」

「ああ。もちろん」

「じゃ、グリフィン、池に行こうよ」

ニックはちゃっかりグリフィンの手を握って、池に連れていこうとしている。シャーロットは慌ててグリフィンに声をかけた。

「ごめんなさい。ニックは大人の男の人が相手をしてくれるのがめずらしいだけなの」

彼はニックに手を取られながら、振り向いた。笑顔が眩《まぶ》しく見えて、シャーロットはドキッとする。

「いいんだよ、今はね。暇だけはあるから、少しくらい子供と遊ぶのも、いい気分転換になるものだ」

暇だけはあるということは、彼は仕事を持たない貴族なのだろうか。社交界には顔を出さない貧乏貴族なのかもしれない。

いい服を身に着けていても、最近の流行から遅れた少し古いもののようだし、必ずしもお金持ちとは限らない。貴族はつけが利くので、外見より貧乏だということはあるのだそうだ。彼もその一人とも考えられる。社交界にもそのような人はたくさんいるらしいので、グリフィンだけが特別というわけではなかった。

もっとも、彼はグリフィンという名前しか名乗りたくないようだし、私的なことは話したくないのだろう。

「感じのいい紳士でございますね」

ナンシーに声をかけられて、シャーロットは我に返った。

「そ、そうね……。小さな子供が懐くくらいだから、悪い人ではなさそうだわ」

シャーロットはナンシーと共に、ルビーを連れて、二人の後を追った。

ニックはグリフィンと一緒に、池に小石を投げて遊んでいる。やはりニックには大人の男性が必要なのだ。父親はほとんどシャーロット以外の子供とは顔を合わせないし、関心もないようだった。すべてを母に任せ、その母も乳母に任せているという状態で、手助けするのは、いつもシャーロットだけだった。

それでも、シャーロットは父親の代わりまではできない。

そのうち、グリフィンはニックやルビーを肩車して、その辺りを走り回った。こんなふうに一緒に遊んでくれる男性など、なかなかいないだろう。

子供好きで、優しくて……。それから、とても格好よくて。

シャーロットはグリフィンのような男性なら、結婚しても楽しくやっていけそうな気がした。

もちろん、会ったばかりの人を、そんなふうに考えるのは間違っているかもしれないが。それに、彼が独身かどうかも判らない。ここは舞踏会ではないのだから、男性の品定めなんて、恥ずべきことだ。

けれども、今まで社交界で出会った誰よりも、彼のほうが好ましかった。子供に優しいなら、女性にだって優しいに違いない。

そんなことを考えていると、グリフィンがこちらを向いて、にっこりと笑った。

ドキン。

シャーロットは彼の爽《さわ》やかな笑顔に、胸がときめくのを抑えられなかった。

「久しぶりに、こんなふうに走り回ったよ。何も考えずに、子供と遊ぶのは楽しいな」

「子供がお好きなんですか？」

シャーロットははにかみながら尋ねた。

「ああ、そうだね。子供のすることには悪気なんかない。たまに、残酷《ざんこく》なことを言ったり、したりするが、それでも悪気なんてどこにもないんだ。大人と違ってね」

彼の言葉に、何か棘《とげ》があるような気がしたが、きっと気のせいだろう。シャーロットは、彼がただの子供好きなのだと思った。

ニックもルビーもすっかり彼に懐いていた。両方から手を引っ張られてしまっている。しかし、そろそろ帰る時間だ。特に、今日はグリフィンが遊んでくれたおかげで、子供達はとても疲れたはずだ。これ以上、遊んだら、夕食の前に眠ってしまうかもしれない。

「ニック、ルビー。グリフィンに遊んでもらったお礼を言って。もうおうちに帰る時間よ」

二人の子供は不満そうな顔をした。

「いやだぁ。まだ帰らない」

「そうだよ。まだ遊びたいのに」

シャーロットはわざと困ったような顔で仕方なさそうに言った。

「じゃあ、今日のおやつは食べられないわね。残念ね」

二人はそれを聞いた途端、態度をころりと変えた。

「僕、帰るよ」

「あたしも！」

おやつの効き目はさすがだ。二人はグリフィンにお礼を言うと、シャーロットとナンシーのほうに駆け寄ってきた。

「やっぱり、おやつのほうがいいか」

グリフィンは苦笑している。

「今日は子供達と遊んでくださって、ありがとうございました」

「いいや、私も楽しかったよ。またここで会えたらいいね」

「ええ……そうですね」

シャーロットは頷いた。

いつも彼とここで顔を合わせていたのだ。ということは、彼とはまたこんなふうに話ができるに違いない。

そう思うと、シャーロットは嬉しさを隠しきれなかった。どんな男性と舞踏会で話をしても、ダンスをしても、こんなに胸がときめいたことは一度もない。グリフィンだけが、特別なのだ。

その彼とまたここで会う……。

二人きりで会うわけでもないのに、自分がこんなふうにのぼせ上がっていることが、少しおかしかった。

グリフィンと別れた後も、シャーロットは彼のことが頭から離れなかった。

彼のきらめく瞳や笑顔が忘れられなくて……。


それから、シャーロットは何度もグリフィンと顔を合わせた。

といっても、相変わらず弟妹とナンシーも一緒にいるわけだから、これは後ろめたい密会などではない。話しているうちに、彼が独身であることが判った。そして、口ぶりからやはり貧乏貴族か貧乏ジェントリーであるようだった。

彼は相変わらず仕立てはいいが、古い衣服を身につけていた。貴族らしい華美なところはどこにもない。それでも、昼間からぶらぶらしているところを見ると、やはり貴族なのだろう。

貴族やジェントリーは親から受け継いだ土地の借地代だけで暮らしていく人達が多い。働くことを軽蔑《けいべつ》しているというより、働かないことが当たり前なのだ。今時は資産を増やすために、働く貴族やジェントリーがいるが、まだ一握りだ。紡績《ぼうせき》業を営《いとな》むシャーロットの父親は、例外のほうに入るわけだ。

グリフィンは昔ながらのやり方で、暮らしているのだろう。とはいえ、そんな暮らし方をしていても、社交界には顔を出すものだが、グリフィンとはまだ舞踏会などで出会ったことがなかった。

彼と会うのは、この公園だけで……。

それでも……いや、それだからこそ、シャーロットはグリフィンとは変に構えずに、話ができるのではないだろうか。彼は家族のようにすんなりと自分達の間に入ってきて、今や一緒に笑い合ったりできる仲だ。

シャーロットは、やや内気なところがあった。同性の友達と話すのは別に苦ではないが、相手が男性となると、どうも勝手が違っていて、いつもの自分が出せないでいた。だが、グリフィンは違う。彼の子供に対する態度を見ているからだろうか。彼が優しい人だというのは、もう判《わか》っている。

今日もまたグリフィンは、公園で遊ぶシャーロットと弟妹を待ち受けていた。そして、いつの間にか、まるでシャーロットの夫であるかのように並んで歩いている。

夫だなんて、考えすぎだろうか。しかし、自分とグリフィンが夫婦で、弟妹が自分達の子供だったらと想像すると、とても幸せな結婚生活のように思えてくる。

そうよ。これがわたしの夢見る結婚生活よ。

社交界で、いつも父親が見繕《みつくろ》った夫候補に引き合わされているが、一度として、誰かとこんな未来を空想したことはない。グリフィンだけが、シャーロットをそんな空想の世界に導いてくれる。

グリフィンは目を細めて、シャーロットのほうをちらりと見た。その目つきだけで、シャーロットはドキドキしてしまう。

今、弟妹は乳母と話している。だから、今、彼は自分のほうに注意を向けてくれている。弟妹がいるから、こうして彼が声をかけてくるのだと判っていても、シャーロットとしては、たまには彼と二人きりで話してみたいと思うのだ。

「あの……あなたとは昼間しかお会いできないけど、舞踏会にはいらっしゃらないのかしら」

思い切って、シャーロットは彼に尋ねてみた。彼が実は上流社会に属していないということはあるのだろうか。しかし、彼が働かなくては食べていけない中流以下の階級に属しているなら、やはり昼間から公園を散歩しているということはないだろう。

グリフィンは微笑《ほほえ》んだ。

「私は舞踏会なんて、あまり好きじゃないんだ」

「そ……そう？　わたしも好きではないけど、父が連れていくのよ」

「花婿を探すために？」

シャーロットの頬《ほお》は赤くなった。

「だって、父が……。父はわたしを早く結婚させてしまいたいみたいなの」

「君はどう？　早く結婚したいと思っている？」

「いいえ。……というより、わたしは愛する男性と結婚したいと思っているんだけど、父はそういうふうには思ってなくて……」

父が花婿に求める条件はただひとつ、金持ちかどうかだけだ。裕福であれば、相手が何歳だろうと、容姿がどうだろうか、まったく構わない。もっとも、結婚するのはシャーロットで、父ではないのだから、容姿は関係ないと思っても無理はない。

わたしにも好みというものがあるのに……。

もっとも、相手にも好みがあるようで、今のところ、誰からも言い寄られてはいない。自分が社交界では大人しすぎるからかもしれない。ろくに話もしないような内気な花嫁は誰も欲しくないだろうし、何より大して魅力がないからに違いない。

とはいえ、そのおかげで、まだ結婚せずに済んでいるのだ。誰かに興味を示されたら、父は勝手に縁談をまとめかねない。まかり間違って、老人と結婚しろと言われたら、シャーロットはどうしたらいいか判らなかっただろう。

「君には愛する人がいるのかい？」

突然、彼が鋭い声を出すので、シャーロットは驚いた。彼はこちらに厳しい視線を投げかけている。

「まさか！　というより、わたし、愛するほど男性のことはよく知らないの。舞踏会では、わたし、とてもおとなしいのよ。あまり会話も弾まないし」

「私とはこんなふうに気軽に話せるのに？」

彼は意外そうに目を丸くした。

「今は……その……ルビーやニックやナンシーが一緒にいっしょにいるから。それに、こんな公園で話すのは、気が楽だもの。でも、舞踏会では人目も気になるし」

そうは言ったものの、この公園でも人目はあるのだ。ある意味、ここも社交の場でもあるのだ。みんな、ゆったりと馬に乗ったり、散歩をしたり、馬車に乗ったりしている。そういえば、自分がそれほど目立つ存在とはまったく思えないが、グリフィンと一緒にいると、たまに誰かの視線を感じることがある。

彼のほうは、とても目立つから……。

しかし、噂《うわさ》もされていないのは、きっと子供達と一緒にいるからだ。二人きりではないし、しかも、自分達はそういう甘い雰囲気《ふんいき》を醸《かも》し出してはいない。彼の見た目には色気があるが、シャーロットには必要以上には近づいてこない。爽《さわ》やかな男友達といったところだ。

それが残念でもあり、嬉しくもある。噂なんて立ってしまったら、こうしてもう会えなくなる。だが、彼とできればもっと親しく付き合いたいという希望もあるのだ。

だって、彼は貧乏貴族かもしれないが、とても素敵な男性だ。容姿だけでなく、子供と遊ぶときの態度を見ていると、優しい人なのは間違いないからだ。

彼はふと歩調を緩《ゆる》めた。

どうしたのだろうと思いながら、シャーロットは彼の歩調に合わせる。すると、先を歩く弟妹達とは距離が開いた。

まるで、二人きりで歩いているみたいだわ。

シャーロットの胸は騒いだ。横を歩く彼のことを意識してしまって、どうしようもなかった。そんな自分を見て、グリフィンはふっと笑った。

「私のことも少しは意識するのかな?」

彼の目は鋭い。胸の内を見透かされてしまって、シャーロットは赤くなるしかなかった。

「わ、わたし……」

「からかって悪かった。私はただそうであってほしいと思っただけなんだ」

シャーロットは驚いて、グリフィンの顔を見た。彼は美しく整った顔をこちらに向けて、優しげに微笑んでいる。

「今、私は君とは友達みたいな付き合いをしている。そういう付き合いも気楽でいいが、できることなら、その先にも進みたいと思っているんだ」

「その先……って?」

シャーロットはドキドキしてきた。

「たとえば、恋人とかね」

恋人ですって!

シャーロットは胸から鳩が飛び立っていくような気がした。今まで自分の中に、恋という言葉はなかったが、こんなにドキドキするくらいだから、自分は彼に恋しているのかもしれないと思った。

そして、恋人になりたいと言い出した彼もまた自分のことが好きなのだ。恋しているに違いない。

シャーロットは震える胸をなんとか押さえて、口を開いた。

「こ、恋人って……なんか素敵だわ」

「君も今まで誰かに口説《くど》かれた経験くらいはあるだろうけど……」

「ないわ。誰にも……わたしって、とっつきにくいのよ、きっと。男性と一緒にいるときは、すぐ緊張して、あまり話したりしないから」

彼はいきなり立ち止まり、こちらを向いた。

「本当に？　まだ誰にも？」

「ええ……。本当よ。こんなこと嘘をついたって、仕方がないわ」

彼の目がきらりと光ったような気がしたが、彼は相変わらず優しく微笑んでいる。今のは目の錯覚《さっかく》に違いない。

「それなら、私が君を口説いてもいいのかな」

ええ。ぜひ、そうして！

そんなふうに言いたかったが、いくら本心がそうでも、淑女《しゅくじょ》としては言葉にすることを考えなくてはいけない。あからさまにそんなことを言ったら、慎《つつし》みがないように思われて、逆に嫌われてしまうかもしれない。

「こ、こんなふうに話すことから始めたらいいと思うの……」

シャーロットは逸《はや》る気持ちを抑えながら、なんとか答えた。

「もちろん。いきなり、夜中にバルコニーの下から愛の言葉をかけたりしないよ」

シャーロットはそんなところを想像して笑った。

「今時、そんなことをする人がいるかしら」

「さあね。私だって、今まで誰かを口説《くど》いたことはないんだ」

彼も今までこういう経験はないのだ。そう思うと、シャーロットの視界はぱっと明るくなった。彼のような容姿の持ち主は、口説くまでもなく、女性を虜《とりこ》にしたかもしれないが、自分から女性を追いかけたことはないのだろう。

その一人目の女性が自分だ。それが、シャーロットは誇らしく思えた。

わたしの容姿は十人並みだ。身内は可愛《かわい》いだとか、綺麗《きれい》だとか言ってくれるが、世の中にはたくさん美しい人がいる。彼が舞踏会には出かけないにしても、美しい女性と知り合う機会など、いくらでもありそうだ。

それなのに、こんなわたしを……？

本気なのかしら。

嬉しいが、信じられない。いや、彼の気持ちが信じられないというのではなく、自分の幸運が信じられないのだ。

「君みたいなレディに近づくには、本当は君のお父さんに許しをもらわなくてはならないだろうが……。私のようなどこの馬の骨とも知れないような男が、君に近づくのは許してもらえないような気がするんだ」

確かにそうだ。父なら、彼の流行に遅れた服装を見ただけで、鼻で笑うだろう。なるべく資産家の男性に嫁《とつ》がせようとしているからだ。

父の人を見る目の基準は、常に裕福であるかどうかなのだ。俗物で、金のない相手や、自分より身分の低い相手には態度が悪い。だが、もちろんシャーロット自身は違う。愛さえあればいいとは言わないが、やはり愛し合える相手と結婚したい。

もちろん、彼が自分との結婚を考えているのかどうかは判らないが……。

でも、恋人の次は婚約者、それから夫婦となるものでしょう？

不安はあったが、グリフィンの優しい微笑みを見ていたら、自分の夢は叶うような気がしてきた。

わたしは彼のことが好き……。

優しくて紳士的で、子供好きだ。乳母のナンシーにも優しい口調で話しかけてくれる。そして、何より自分と彼との間には、何か特別なものがあると思うのだ。

だって、彼は自分と弟妹の間にいても、なんの違和感もない。これは家族となるべき運命にあるということじゃないの？

シャーロットにはそう思えて仕方がなかった。

「父は……昼間、わたしが何をしているのか、ほとんど関心がないの。夜はいろんな催《もよお》しに出ることが多いけど、昼間は自由なのよ」

まるで、彼に悪いことを唆《そそのか》しているみたいだ。けれども、自分の言ったことは事実だ。父は花婿候補の男性がシャーロットを訪ねてくるかどうかだけを気にしている。しかし、今まで誰も訪問しようとはしてこなかった。

きっと、自分の話し下手《べた》なところが、男性には気に入られないのだろう。とはいえ、今となっては、シャーロットはそれでよかったのだと思う。誰かが自分に関心を示していたとしたら、父はその男性と結婚するように仕向けたに違いないからだ。

誰も興味を持ってくれなかったから、今、自分はグリフィンと自由に会って、話ができるのだ。

父は何も知らない。これは秘密の逢瀬《おうせ》だ。場所も時間も状況も、あまり秘密の匂《にお》いはしないのだが。

グリフィンはシャーロットに微笑みかけた。

「それなら、君の午後は私のものということだ」

彼の目つきがとても色っぽく見えて、シャーロットの胸はときめいた。

なんて素敵な人かしら……。

容姿もさることながら、彼の言葉にも話し方にも惹《ひ》かれてしまう。恋人になりたいと言われてから、余計にシャーロットは彼のことが好きになったようだった。

「秘密の交際をしてみて……もし君が欲しいとなったら、私は君のお父さんの反対など押し切るつもりだ」

彼の断固とした意見に、シャーロットはうっとりした。

反対を押し切るというからには、それはきっと駆け落ちのことだ。スコットランドのグレトナ・グリーンという村に行けば、駆け落ちの結婚式が挙げられる。イングランドとは法律が違うので、親の承諾《しょうだく》がない未成年の男女でも婚姻《こんいん》できるのだ。

そうよね。もし二人の気持ちが燃え上がれば、そういうことになるわ。

父が許してくれないのは確実だから。

だが、それでもいいと、シャーロットは思った。

もう目の前のグリフィンのことしか考えられない。

わたしは彼の恋人になりたい。そして、妻になりたくてたまらなかった。

第二章

誘惑されるシャーロット

二人の交際は徐々に深まっていった。

ずっと家族のように公園で遊ぶ子供達に付き合っていたが、いつの間にか二人だけで会うようになっていた。彼は公園にはもう現れず、公園の近くに地味な馬車を待たせ、その中にいる。そして、シャーロットは出かけるときは子供やナンシーと一緒だけれど、途中で別れ、彼の待つ馬車に乗り込むのだ。

それに関して、ナンシーは何も言わなかった。彼女は弟妹の乳母であって、自分のお目付け役ではないからだ。

もちろん、不安に思う部分もある。子供達と離れて、彼の馬車に乗り込むとき、誰かに見られていないかと気になっている。そして、自分が男性と二人きりで馬車に乗り、逢瀬《おうせ》を繰り返していることが、もし社交界の誰かに知られたら、たちまち自分の名前は地に堕《お》ちてしまうことが判《わか》っている。

だが、もうやめられなくなっていた。

馬車でその辺をぐるりと回り、また公園まで送ってくれるだけの付き合いだが、シャーロットは彼との会話に夢中になっていた。

もちろん、会話だけではない。

彼は手を握ってくる。肩を抱かれるときもある。彼は紳士だから、それ以上のことは何もないが、シャーロットのほうが彼に望むことはあった。

キスしてほしい……。

頬《ほお》でもいいの。彼の唇の感触を知りたい。

そんなはしたないことを考えてしまうのも、きっと恋のせいなのだ。恋という感情は、熱く燃え上がっていく。キスなんて一度もしたことがないのに、彼に求めたくなってくるのは、その感情のせいなのだ。

そんなふうに欲求がふくらんできた頃、いつものように馬車で静かに話をしていたグリフィンは、シャーロットにそっと言った。

「今日は少し遠出をしないか?」

シャーロットの胸はドキッとした。

遠出というなら、二人の時間はいつもよりあるということだ。

「もちろん行きたいわ!」

思わず賛成すると、彼はにっこりと笑った。

「ありがとう。君を後悔させないよ」

彼の笑顔を見られただけでも、得した気分になっていた。結局のところ、シャーロットは彼に夢中なのだ。それに、彼と遠出したところで、大したことは起こらないに決まっている。彼は今まで完璧《かんぺき》な紳士だったからだ。

グリフィンは馬車の天井を軽く叩いて、御者に合図した。すると、馬車はいつもとは違う方向へと向かっていった。

たまには、冒険もしてみるものだわ。

今までシャーロットは羽目を外さずに生きてきた。少しくらい、世間の淑女《しゅくじょ》とは違うことをしてもいいじゃないかと思うのだ。

「結局、わたしには何か刺激が足りないと思うのよ」

「そうだね。少しくらいは、何か冒険してみてもいいはずだ」

彼が同意してくれたので、シャーロットは微笑《ほほえ》んだ。いつしか、自分は彼を心から信頼するようになっていた。彼のことは何も知らないけれども、こんな優しく接してくれる紳士を、どうして疑うことができるだろうか。

彼はわたしのことが好きなのだ。そして、わたしが嫌がるようなことは絶対にしない。いつもこうして傍にいるのに、キスだってしたことがないのだ。

もっとも、わたしはそこが少し不満だけど……。

だって、好きな人とキスをしたいと思うのは、自然なことじゃないの？

男と女のことは何も判らないが、キスが愛情表現のひとつだということは、よく知っている。だから、キスはしたい。いや、彼にキスをしてもらいたい。他の誰でもいいわけではなく、彼とだけキスをしたいのだ。

彼はシャーロットの手を柔らかく握った。

舞踏会で男性が手を触れてくることは、何度もある。そうでなければ、ダンスもできないからだ。しかし、グリフィンに触れられると、何故だか身体《からだ》がカッと熱くなるのだ。

これも……わたしが恋をしているから？

彼が好きだから、わたしが恋をしているから？

手を触れられただけで、こうなるなら、キスなんかされたら、一体どうなってしまうのだろう。バターのように蕩《とろ》けてしまうかもしれない。

「ねえ、わたし達、どこに行くの？」

「着いてのお楽しみだ。これは冒険なんだから」

「そうね……。冒険なんだから」

シャーロットは彼と目を合わせた。

今までの自分なら、こんな無謀《むぼう》な真似《まね》はしない。箱入り娘であることに甘んじていたし、本当は父の意向で結婚が決められるなんて冗談ではないと思っていた。しかし、いつでも、黙って、父と舞踏会に出かけていたし、男性を紹介される度《たび》に微笑んできた。

でも、本心ではいつも反抗していたのだ。今、自分は父に逆らっている。もちろん、父はシャーロットがあまり裕福ではない男性を恋人にしているとは思っていないし、こんな冒険に乗り出しているとは知らない。しかし、もし知ったら、家に閉じ込めるくらいのことはするだろう。

父が絶対に反対する男性。それがグリフィンだ。

それが判っていても、シャーロットは彼と一緒にいたかった。できるだけ長く彼と時間を過ごしたい。結婚は……まだプロポーズもされていないのに考えるのは早すぎるかもしれないが、もしプロポーズされたらイエスと答えるだろう。

グリフィンは素晴らしい人だもの……。誰よりも優しくて、誰よりも信じられる人……。

彼のほうを見ると、彼もこちらを見つめていた。目が合い、シャーロットは微笑む。彼も微笑んでくれると思った。だが、彼は暗い目つきでこちらを見た。

えっ……？

シャーロットは瞬きをした。すると、彼は優しく微笑んでいた。

今の表情は見間違いだったのかしら。

きっと、そうに違いない。彼が暗い目つきなんてするはずがないのだから。恋人同士が秘密の逢瀬を楽しんでいるときに、彼のような優しい男性が微笑まないはずがない。

もし、自分の見間違いではなく、彼が暗い目つきをしていたとしたら、これからの二人の将来について考えていたのだろう。何しろ父という障害がある。父は二人の結婚を絶対に反対するに決まっているからだ。

父が追い求めているのは、常にお金だ。紡績工場を持ち、資産を貯め込んでいるのに、まだお金が必要なのかと思うが。父にとってお金儲けだけが生き甲斐《がい》なのだろう。とにかく、シャーロットの花婿探しは、自分の内気な性格のために滞《とどこお》っていた。

わたしは結婚相手がそれほど裕福でなくてもいいのに。

もちろん、家族が幸せに暮らせるだけのお金は欲しい。子供を産んで、育てるためには、それなりのお金が必要だ。けれども、裕福という条件だけで結婚すれば、自分が惨《みじ》めになるだけだ。愛のない冷たい結婚生活は、幸せとは程遠い暮らしに違いなかった。

父はわたしのことなんて、考えてくれてもいない。

何不自由なく暮らせた上に、着飾って舞踏会に行けるのは、父が働いてくれているおかげなのだが、それでも父の親子としての情は薄いように思える。

父の頭の中には、シャーロットの幸せなどない。だからこそ、グリフィンがシャーロットと結婚したいと思ってくれたとしても、容易にはいかないだろう。

やっぱり、二人が結婚するためには、グレトナ・グリーンに行くしかないわ。

とはいえ、彼にそんな気があるかどうかも、今のところは判らない。二人の仲はただこうして馬車の中で話をするくらいでしかないからだ。

馬車は郊外へと向かっていた。ロンドンの街並みは見えなくなり、代わりにのどかな風景などが現れるようになっていた。

やがて、馬車は停まった。

「ここは……？」

「さあ、ピクニックの始まりだ」

「ピクニック？　まあ……ここはどこなの？」

馬車から降りると、そこは野原が広がっていた。グリフィンは座席からバスケットとその上にかけていたブランケットを取り出した。座席の上に何か荷物があるのは気づいていたのだが、それがピクニック用のバスケットだとは知らなかった。

「さあ、あっちの木陰に行こう」

「でも……ここはどなたかの領地ではないの？　勝手に入ってもいいのかしら」

「それは大丈夫だ。知り合いの土地だから、許可はもらっている。誰も邪魔しに来ないよ」

シャーロットはそれを聞いて、ほっとした。楽しくピクニックしているときに、邪魔されるのはもちろん、自分とグリフィンが二人きりでいるところを、あまり他人には見られたくないからだ。

わたし、やっぱり臆病なのね……。

グリフィンのことが好きなのに、二人きりでいるところを見られたくないなんて、ずいぶんひどいと思う。しかし、世の中は女性の不利なようにできている。未婚の男女が二人きりでいたら、いろんな噂《うわさ》をされて、結果的に責めを負うのは女性のほうなのだ。

いくら、グリフィンが紳士であっても、世間はそうは見てくれない。その場合、自分はふしだらな女という烙印《らくいん》を捺《お》されて、世間に顔向けができなくなる。

本当は彼と会うことに、こそこそしたくない。そもそも、彼と会って、話をしているだけだから、何も悪いことをしているわけではないのだ。しかし、こうしなければ、彼とは会えない。彼がシャーロットの家を訪問すれば、必ず父の耳に入る。そうしたら、二人の間は引き裂かれてしまうかもしれない。

だから、他人の目を気にしながらも、こうして二人で会うしかないのだ。

このピクニックは冒険だが、やはり誰かの目は常に気にしなければならない。それが嫌なら、彼と会ってはいけない。けれども、シャーロットはもう彼と会わずにはいられなかった。彼と会うことだけが、一日のうちで一番の楽しみとなっていた。

木陰にブランケットを敷き、二人はその上に座った。彼はバスケットから、食べ物や飲み物を次々と取り出した。食べ物といっても、午後なので軽食ばかりだ。それでも、パイやタルトやサンドイッチが何種類か作ってある。

「すごいわ……。どなたが作ったの？」

「私の家にも一応、料理人がいるんだよ。彼はとても料理が上手《じょうず》なんだ」

シャーロットは頬を赤らめた。彼のことを貧乏貴族か貧乏ジェントリーだと思っていたから、こんなふうにちゃんとした料理が作れる料理人を雇っているとは思っていなかったのだ。

彼の私生活について話をしようとすると、いつもはぐらかされていた。だから、シャーロットはよほど彼が貧乏なのかと思ってしまったのだ。そうでないのなら、喜ばしいことだ。

いくら二人が好き合っていたとしても、経済的事情で別れなくてはならないようなら、悲劇でしかない。どうか、グリフィンが父の基準を少しでも満たしていますようにと、シャーロットは祈るばかりだった。そうすれば、二人が普通に結婚できる可能性はある。

プロポーズもまだなのに、そんなことを考えるのは早すぎるだろうか。

シャーロットはシャンパンを注いだグラスを渡された。

「昼間からシャンパンを飲むのは初めてだわ……」

シャンパン自体、それほど頻繁《ひんぱん》に飲んだことがあるわけではない。舞踏会でたまに口にするが、別に好きでもないし、それほどおいしいとも思わなかった。

シャーロットの舌はまだ子供のままなのだろう。子供と同じように、ジュースのほうがよほど好きだった。

しかし、グリフィンの前では、子供のように振る舞いたくない。グラスを掲げて、中身を飲み干した。

それを見て、グリフィンがクスッと笑う。

「喉《のど》が渇《かわ》いていた？　だが、食べ物を口にしないで飲むと、酔っ払うぞ」

「そうなの？　わたし、今まで酔っ払ったことはないわ」

酔うほど飲んだこともないからだ。シャーロットは自分を大人に見せたくて、シャンパンをおかわりした。グリフィンは眉《まゆ》を寄せて、食べ物を何か食べるように勧めた。

「君を酔わせて帰らせたら、君のお父さんになんて思われるか……」

彼のその一言で、はっと我に返る。

そうだった。彼の心証を悪くするようなことは、してはならない。こうして秘密の逢瀬をしているだけでも、もし父にばれたら大変なことになるというのに。

「そうね……。飲み過ぎちゃいけないわよね」

シャーロットはタルトをつまんで、口に入れた。中にはブルーベリーが入っていて、甘酸《あまず》っぱい味がした。

「あなたの料理人は、本当にお菓子を作るのが上手なのね。うちの料理人は料理が上手《うま》いけど、デザートはあまり……。舞踏会を開くときには、デザートを作ってくれる人を別に雇うのよ」

「女性は甘いものが好きだから……」

「そうとは限らないわ。男性でも甘いものが好きな人がいるのよ、実は」

グリフィンは肩をすくめた。

「私には判らないな。だが、おいしいデザートを用意すれば、女性が喜ぶことくらいは知っているんだ」

つまり、彼はわたしのために、このデザートを用意したということなのね。

彼がそこまで自分のことを考えてくれていることが嬉しかった。今さっきも、シャンパンを飲み過ぎないように注意してくれた。悪い男なら、もっと飲ませて酔わせてしまったことだろう。

だから、グリフィンは信用できる人なのよ。

シャーロットはこんな男性に巡り合えた自分の幸運を噛《か》みしめた。彼は本物の紳士なのだ。女性と子供に優しく、物事の道理をわきまえ、感情的にならない。ここで何かあったとしても、彼は守ってくれるだろう。一人で逃げたりしないはずだ。

彼と付き合えば付き合うほど、どんどん好きになっていく。もう、シャーロットは彼に夢中だった。

彼以外の人のことは、眼中にない。相変わらず、父には舞踏会に連れていかれて、何人もの男性とダンスをしたり、話したりしていたが、グリフィンほど自分の心を摑《つか》んで離さない人はいない。

結婚のことを考えるのはまだ早いと思いつつも、彼以外の人と結婚することなんて、今となっては、考えられなかった。

だから、キスくらいしてほしい。頰に少しだけでもいいから。キスしてもらえたら、彼が自分のことを本当に好きかどうか判るような気がした。

だって、今のままでは、わたしは彼の妹みたいだわ。

妹だって、頰にキスくらいしてもらえるのではないだろうか。それさえもないなんて、物足りない。自分からそんなことを求めてはいけないと思うものの、シャーロットは彼に心を許していたから、キスくらいは受け入れられると思うのだ。

でも、彼はキスをしてくれない……。

わたし、本当に彼に好かれているのかしら……？

少し疑問に思う。何度も二人きりで会っているのに、何も発展しないなんてことがあるだろうか。実際のところ、キスから先のことは未知の分野だが、恋人同士は唇にキスするはずだ。

それとも、ピクニックをしていて、キスのことばかり考えている自分がおかしいのかもしれない。実際、恋人同士の付き合いというのは、どういったことをするのだろう。

タルトからはみ出たジャムが指につき、シャーロットは思わずそれを舐《な》めた。

ふと、顔を上げると、グリフィンがこちらをじっと見つめていた。その視線がとても熱っぽくて、ドキッとする。

シャーロットは身体が熱くなったような気がして、思わずシャンパンをゴクゴクと飲み干してしまった。

「ご、ごめんなさい。不作法《ぶさほう》だったかしら」

「いや……。不作法とかではなくて……」

彼は何か言いたそうにとしていたが、その続きを口にしなかった。その代わり、シャーロットの肩を抱き寄せると、いきなり唇を重ねてきた。

わたし、彼にキスされてる……！

心臓が飛び出してくるかと思ったほど、シャーロットは驚いた。彼の腕の中で身動きもできない。ただ、彼が唇を甘く奪うのに対して、じっとしていることしかできなかった。

一体、わたしはどうすればいいの？　このままじっとしていたら、人形にキスしているみたいだって思われないかしら。

かといって、自分がどういう行動に出ていいかも判らなかった。

だって、これが初めてのキスなんだもの。

シャーロットは戸惑いながらも、恐る恐る彼の背中に手を回した。キスをやめてほしくないからだ。

けれども、彼は唇を離した。

シャーロットはがっかりして、彼の唇をつい物欲しそうに見てしまった。彼はクスッと笑うと、シャーロットの顎《あご》に手をかけて、唇を指でなぞる。

「唇を少し開いてごらん」

シャーロットは言われたとおりにした。すると、彼はまた口づけてくる。今度は唇を重ねただけではなかった。彼は唇を押しつけるようにして、舌を差し込んできたのだ。

シャーロットは頭の芯まで熱くなったような気がした。まさか、舌を入れられると思わなかったのだ。けれども、これが本当のキスなのかもしれない。自分が今まで知らなかった本物の恋人同士のキスだ。

彼の舌はシャーロットの口の中を愛撫《あいぶ》するように動いていく。最初は少し逃げ腰だったシャーロットだが、自分の舌をからめとられてからは変わった。彼に積極的に応えるように、彼と舌を絡ませてみたのだ。

胸がドキドキしている。自分がこんな大胆《だいたん》なことをしているなんて、信じられない。けれども、キスの魔法をかけられたみたいに、うっとりしてしまって、他のことが考えられなくなってくる。

恥ずかしい。でも、心地いい。

ずっと彼の腕に抱かれていたい。キスを交わしていたい。

そう思いながら、キスをされている。嬉しくて、気が遠くなりそうだった。好きな人に、恋している人に、こうしてキスされているなんて……。

ふと、彼の手がシャーロットの片方の胸を包んだ。下に着けているコルセットが邪魔で、乳房全体の柔らかなふくらみは、彼には感じられないだろう。それでも、胸に触れられていると思うと、それだけで、胸が高鳴る。

こんなことは、彼だから許すのだ。他の誰にもこんなふうに触らせたりしていない。

やがて、彼は唇を離した。彼の頰《ほお》は上気していて、今のキスに、彼も興奮しているのが判った。

よかった。わたしだけが夢中だったとしたら、嫌だから。

彼にも自分と同じように感じてほしい。今だけは、冷静でいてほしくなかった。

「……初めてのキス？」

尋ねられて、シャーロットはそっと頷いた。やはり、そういったことは、相手に判るものなのだ。

「すまない。無垢《むく》な君にこんな真似《まね》をするのは、君の弱みにつけ込んでいるみたいで……」

グリフィンは胸に触れていた手を離した。

「ダメ」

「え？」

「ダメよ。その……謝ったりしないで」

シャーロットは恥ずかしかったが、なんとか言葉を紡《つむ》いだ。

「だって、わたし達……恋人同士なんでしょう？」

一瞬、彼はシャーロットの言葉に眼を見開き、それから優しい顔で頷《うなず》いた。

「……そうだね。恋人同士だから、キスするのは当たり前のことだ」

彼が自分の言うことを認めてくれて、嬉しかった。元々、内気なシャーロットはあまり自分の意見を口にするのが得意ではなかった。しかし、彼には自然に言葉が出てくる。

「嬉しいわ……。あなたと恋人同士でいられるなんて」

「そうだね。でも、シャーロット。恋人同士というのは、キスだけでは満足できないものなんだ」

「……そうなの？」

シャーロットは不安になった。キスも初めてなのに、それ以外のことなんて、まだ早すぎる気がする。

「もちろん、君を傷つけたりしない。でも、もう少しだけ……いいかな？」

迷ったが、シャーロットは頷いた。彼のことは信じられる。紳士なのだから、ひどいことはしないはずだ。

「ありがとう……シャーロット」

彼はシャーロットをそっと抱き締めて、再び唇を重ねてみた。唇を舐められ、そのくすぐったさに口を開くと、彼はまた舌を侵入させてきた。

舌をからめとられると、まるで彼に支配されているようだった。すべて、彼の言いなりになってしまいそうだ。そんなことはいけないに決まっている。彼が紳士であろうと、なかろうと、それは関係ない。すべて男性の言いなりになることは恐ろしい。

それでも、彼のキスはシャーロットの決心をあっさり覆《くつがえ》してしまう。いつしか二人はブランケットに横たわっていた。この木陰の場所は、彼の御者が馬車を置いているところからは見えない。しかし、かといって、こんな真似《まね》をしてもいいのだろうか。

そよそよと吹く風が髪を嬲《なぶ》っていく。きっと髪形は乱れているに違いない。彼に上から覆《おお》いかぶされ、キスをされているのだから、ドレスも皺《しわ》になっている。

でも……止められないの。

身体が熱くなって、どうしようもない。

グリフィンはシャーロットのドレスの前ボタンをいくつか外した。そして、胸元を露わにする。

「あ……」

彼はコルセットに隠れていないふくらみの上部にキスをした。

唇の感触を胸に感じて、シャーロットはビクッと身体を震わせた。これが恋人同士では当たり前の行為なのだろうか。自分は一歩、大人の世界に近づいたような気がした。

彼は何度も何度も唇を押しつけて、胸の弾力を楽しんでいるようだった。それから、シャーロットの手を取り、指先にもキスをする。

「グリフィン……」

「やはり、私は君の優しさにつけ込んでしまっている。でも、止められないんだ。止めなくてはならないのに」

「止めないで……」

シャーロットは思わずそう言ってしまい、彼の驚いた顔を見て、頬を赤らめた。彼はふっと微笑《ほほえ》んで起き上がり、シャーロットの手を引っ張りながら、抱き起こした。

「こんなところで、君を私のものにするわけにはいかない」

判っている。恋人同士で許されるのはキスだけだと聞く。それも、こんなキスをしていいとは聞いていない。もっと、慎《つつし》み深いキスのことだ。

まして、彼のものになるなんて……。

それが具体的にどういった行為のことか知らないが、少なくとも結婚をして夫婦の誓いを立ててからしか、してはいけないことなのだという。

そう。初夜のベッドで。

こんなふうに明るい野外で、獣のように抱き合うわけにはいかない。たとえ、誰にも見られていなくても、恥ずかしくて仕方がなかった。

やはり、どんなに彼のことが好きでも、未婚の乙女《おとめ》として、してはならないことはある。それを守り抜かなくては、幸せな結婚などできないのだ。

彼はプロポーズさえしてくれていない。それを忘れてはいけない。まだ、自分達はそんな段階ではないのだ。キスはしてほしかったが、それ以上のことまで考えていたわけではない。

彼も同じようなことを考えていたのだろう。手を伸ばし、シャーロットのドレスの前ボタンをそっと留めると、立ち上がった。そして、シャーロットを立ち上がらせる。

「さあ、そろそろここを片付けて、帰らなくては。君も長居はできないだろう？」

「ええ……そうね」

名残惜《なごり》しかったが、仕方がない。彼がプロポーズしてくれたら、自分は承諾《しょうだく》するし、父に反対されても駆け落ちする覚悟はある。だが、結婚をしないことには、キス以上のことはできないのだ。

グリフィンは食べ物を手早くバスケットに片付けて、ブランケットを丸めた。そして、二人は馬車のところまで歩いていき、乗り込んだ。

ピクニックが終わったのは残念だが、彼と一緒ならまた来てみたいと思った。

行きは、二人並んで座っていたのだが、帰りは何故だか彼は向かいの座席に腰を下ろした。まるで、自分との間に距離を置いているようで、シャーロットには理由が判らなかった。

何故かしら……。

彼はわざとよそよそしくしているみたいだわ。

わたしがあまりに積極的だったから、彼は幻滅したのかしら。あんなふうにキスに応えてしまってはいけなかったのかもしれない。何も知らない娘なら、じっとしていたほうがよかったのかもしれなかった。

せっかくキスをしてもらって、二人の間は近くなったような気がしたのに、今度はもっと遠くなってしまった。

グリフィンの表情が少し硬い。

彼は何を考えているの？　どうして、そんな暗い目つきでわたしを見ているの？

シャーロットは彼の変化に戸惑うばかりだった。

グリフィンは目の前のシャーロットから視線を逸《そ》らし、窓のほうを見つめた。景色なんて見たいわけではない。罪悪感が込み上げてきて、目を逸らさずにはいられなかったのだ。

当初の自分の計画では、もっと事がスムーズに運ぶはずだった。公園でシャーロットに声をかけ、誘惑して、自分のものにする。こんなに時間をかけるつもりではなかったし、彼女をこんなに大切に扱う予定でもなかった。

そもそも、シャーロットは自分が想像していたような娘ではなかった。あの男の娘ならば、わがままで冷たい娘に違いないと思っていたのだ。甘やかされて、人の心を踏みにじるような娘だと。

ところが、違っていた。シャーロットはあの男の娘とはとても思えないほど、心がまっすぐで、思っていることがすぐ顔に出るような純真な娘だった。しかも、弟や妹を可愛《かわい》がる、心優しい姉だ。

彼女を公園で初めて見たとき、これは何かの間違いだと思った。あの男の娘があんなに優しげな顔で笑うはずがない、と。メイヤーの娘については、前もっていろいろ情報を集めていた。

娘のことだけではなく、メイヤーのことならなんでも知っている。

何年もの間、彼に復讐《ふくしゅう》するために、グリフィンは努力してきた。彼から大切なものをすべて奪ってやるつもりだった。

まず、仕事で打撃を与えた。彼の事業は火の車だ。今はまだ資産家のふりをすることができるが、それももうじきダメになる。体面も保てなくなるし、多額の借金に塗《まみ》れ、持っていた土地も屋敷もすべて奪われるだろう。

ただし、ひとつだけ抜け道がある。

その道しるべとなるのが、彼の娘のシャーロットだった。彼女と資産家との結婚がまとまれば、彼が借金から免れる可能性がある。彼女自身は知らないのかもしれないが、今、メイヤーはさる資産家と話し合いをしている。自分への融資を条件に、彼女を結婚させるつもりだ。

その資産家はもう七十歳近いという。そんな年寄りに娘を差し出しても、メイヤーは平気なのだ。彼はそういう冷酷《れいこく》な男だった。

グリフィンがシャーロットを誘惑しているのは、メイヤーの企《たくら》みを阻止《そし》するためだが、同時に彼女を救うためにもなる。

グリフィンはそう思うことで、自分の罪悪感を宥《なだ》めようとした。

無垢《むく》で純粋な彼女を自分の復讐に巻き込みたくはない。しかし、彼女がメイヤーの娘である限り、なんらかの影響は受けてしまうのだ。

たとえば、メイヤーが破産すれば、彼女は今までのような暮らしができなくなる。結婚どころではない。身を売らねば生きていけなくなるかもしれない。もしくは、破産を免れるために、祖父のような年齢の男の花嫁になるか。

その二択より、自分が考えていることは、はるかに彼女のためになることでもある。

まずは、裕福な男が彼女欲しさに、金を出してでも結婚しようとするのを阻止するのだ。これは彼女に恋人がいるらしいという噂《うわさ》を立てればいいだけだ。例の資産家には、匿名で手紙を送るつもりだ。縁談がダメになってから、もったいぶって自分が彼女と結婚する。

メイヤーはすっかり清算してもらえると思い込んでいた借金で、すべてを失うのだ。天国から地獄に突き落としてやる。そのときになったら、メイヤーに話してやろう。自分がどれほど彼を憎んでいるか、を。

だが、そんなことをすれば、自分は彼女に憎まれてしまうだろう。復讐のために、父親を破滅に追いやった男を、彼女が許してくれるとは思えない。

いくら父親のことが好きでなかったとしても、彼女は家族を大事にしているからだ。

グリフィンはさっきのピクニックのことを思い出していた。彼女はキスも初めてだった。唇を合わせただけでも、動揺《どうよう》していたのだ。そこまで無垢な彼女を復讐の道具として利用するのは、正しいことなのだろうか。

いや、どのみち、もう彼女は巻き込まれている。どちらにしても過酷な運命に陥《おちい》るのならば、自分の傍にいるほうがいいに決まっている。

彼女は私を慕《した》っているはずだから……。

そう仕向けるのは簡単なことだった。優しく礼儀《れいぎ》正しい紳士を、彼女のような箱入り娘が気に入らないはずがない。彼女は自分の心が復讐の炎で醜《みにく》く焼けただれていることを知らないからだ。

それでも……。

結婚すれば、大事にするつもりだ。彼女の父親を破滅させることが目的だが、彼女には幸せになってもらいたい。あれだけ弟妹にも愛情を注ぐ彼女は、きっと自分の子供も大切に育ててくれることだろう。自分が妻に望むことは、それだけなのだから、彼女は間違いなく自分のよき妻になるはずだ。

グリフィンは向かいの席に座るシャーロットの顔に視線を向ける。

ふと、彼女の顔が青ざめていることに気がついた。

「具合でも悪いのか？」

「ええ……ちょっと……」

グリフィンは窓を開き、御者に叫んだ。

「止まれ！　彼女の気分が悪いそうだ！」

馬車が道の脇に停まる。グリフィンは彼女の隣に移動し、肩を抱き寄せた。

「私にもたれるといい。もし戻しそうなら、遠慮《えんりょ》せずに言ってくれれば……」

「……いいえ、大丈夫。じっとしていれば」

あのシャンパンを飲ませなければよかっただろうか。それとも、馬車に酔ったのか。彼女の青ざめた顔を見て、心配になった。

もちろん、彼女の言うとおり、じっとしていればよくなるかもしれないが、コルセットをしたままでは苦しいだろう。かといって、馬車の中などでドレスのボタンを外して、コルセットを緩《ゆる》められても、彼女は喜ばないに違いない。

窓から外を見る。もう少し行ったところに宿屋がある。そこで少し休ませてやったほうがいいかもしれない。

グリフィンは再び御者に指示をした。

馬車がゆっくり動き出すと、彼女を自分の膝の上に、横向きに抱き上げる。彼女は驚いたように、グリフィンの顔を見た。

「少しの間、我慢していれば、宿屋に着く」

「宿屋ですって？」

「君は帽子で顔を隠していればいい。私の妹ということにするから、部屋で休むんだ。具合がよくなったら、すぐに出発しよう」

シャーロットは弱々しく頷いた。気分が悪くて、反対できないのだろうが、この案を歓迎してはいないようだ。未婚の男女が宿屋に寄るなんて、社交界の誰かに知られたら大スキャンダルになるに決まっているからだ。世の中には噂が大好きな面々がいるものだ。

もちろん、グリフィンはシャーロットをそんな目に遭《あ》わせるつもりはなかった。

彼女の父親は憎いが、彼女が憎いわけではないからだ。

やがて、馬車は宿屋の前で停まった。


馬車を降りたシャーロットはグリフィンにもたれながら、帽子を目深《まぶか》にかぶり、なるべく顔を隠していた。

彼は宿屋の主人に、部屋を用意してほしいと頼んでいる。

「妹の具合が悪いんだ。一時の間、休ませてやりたい。それから、小間使いを一人、寄越してくれないか?」

幸い部屋は空いていたようで、二人は部屋に案内された。グリフィンは小間使いが来ると、シャーロットに囁《ささや》いた。

「コルセットの紐《ひも》を緩《ゆる》めてもらうといい。私は食堂で飲み物をもらうから」

「ごめんなさい……。あなたにこんな迷惑をかけてしまって」

「いいんだ。早くよくなってほしいからね」

気分がよくならないと、馬車での移動ができない。こんなことなら、調子に乗って、シャンパンを飲むのではなかった。

シャーロットは後悔したが、今更だ。小間使いの手を借りて、ドレスを脱ぎ、コルセットを外した。そして、かさばるペチコートも脱いで、下着姿でベッドに横になる。

あんなに気分が悪かったのが、コルセットを外したせいなのか、それとも横になったせいなのか、吐き気が治まってくる。

よかった。これなら、少ししたら、馬車に乗れそうだわ。

今日は遠出をして、ピクニックまで楽しんだから、早く自宅に帰らなければならない。自分が日中どう過ごそうが気にしない父でも、さすがに夕食時にも帰っていなかったら、詮索《せんさく》してくるに違いない。

そんなことを考えながら、うつらうつらしていると、小さなノックの音が聞こえたような気がした。

夢かしら……？

ふと目を開けると、ベッドの傍にグリフィンが立っていて、シャーロットの顔を覗《のぞ》き込んでいた。彼は自分の様子を見にきてくれたのだろう。

「あ……ごめんなさい。眠ってしまっていたみたい」

シャーロットは慌てて身体を起こした。すると、彼の目が大きく見開かれ、視線が自分の胸元へと注がれた。

はっとして、胸元に目をやる。ドレスもコルセットも身につけていない。自分が下着姿で寝ていたのを忘れていたのだ。

シャーロットは上掛けを引っ張り、胸を隠そうとしたが、一瞬、また彼のほうを見てしまった。彼の眼差《まなざ》しが熱っぽいものに変わっているのに気づき、シャーロットの手は止まる。

薄いシュミーズ越しに、乳房の形が見えている。シャーロットは思わず腕を組んで胸元を隠したが、もう遅いだろうか。彼の焼けつくような視線に、頰《ほお》が薔薇《ばら》色に染まる。こんな状況でもなければ、結婚前に、こういう姿を男性に見られることはなかったに違いない。

「そんなつもりではなかったの……。気分はすっかりよくなったから、もう帰れるわ。小間使いを呼んでいただける？」

だが、グリフィンは動かなかった。彼の視線はシャーロットの胸に注がれている。まるで、そこから目が離せないといった表情で、シャーロットは喉《のど》を鳴らした。

見られるのは恥ずかしいのに、彼が自分の身体に関心を持っていると思うと、何故だか嬉しかった。逆に、もっと見てもらいたいという気持ちもあって、そんな自分が不思議だった。

レディの慎《つつし》みは一体どこへ行ってしまったの？

けれども、グリフィンは恋人なのだ。恋人になら、こんな気持ちになってしまっても、おかしくはないだろう。

実際のところ、シャーロットは恋人同士が何をするのか、よく判らなかったのだが。

「小間使いを……すぐに呼ぶべきだと判ってる。だが……」

グリフィンの声は何故かしわがれていた。彼はふらふらと手を伸ばし、シャーロットの両手を外した。

彼の目の前に、ふたつの胸が晒《さら》されている。乳房の形がはっきりと判る。それどころか、胸の頂《いただき》が固くなっていて、シュミーズの布を押し上げていた。

彼は両手で乳房を包んだ。彼の手の温もりが、布越しに伝わってくる。自分の大事なところに触れられていると思うと、眩暈《めまい》のようなものを感じる。恥ずかしくてたまらないのに、彼の手に包まれていると、何故だか守られているような安心感を覚えた。

彼は掌《てのひら》で包みながら、指で形を確かめるようになぞっていく。彼の手の中で、柔らかい乳房が形を変える。なんとも言えない淫《みだ》らな気分になってきて、シャーロットはそんな自分に驚いた。

彼は指の腹で、胸の頂を撫《な》でていく。

「あ……」

「気持ちいい？」

シャーロットは頬を染めた。確かにそこを撫でられると、気持ちがいい。しかし、そんなことを口に出すのは恥ずかしかった。

「わたし……ああっ……あ」

思わず狼狽《ろうばい》した声を出してしまったのは、彼が顔を近づけてきて、シュミーズの上から乳首にキスをしたからだ。

いや、キスだけではない。彼は唇を開いて、舌でそこを舐《な》め始めていた。

シャーロットはどうしていいか判らなかった。こんなことをしてはいけないと思うものの、彼を押しやることができない。指で撫でられたときより、舌で愛撫されるほうが気持ちいい。

彼はもう片方の乳房を手で弄《いじ》っていて、両方の刺激がシャーロットを直撃した。

「あ……やぁ……あんっ……」

こんなふうにされることが気持ちいいなんて、初めて知った。自分の身体なのに、これは初めての感覚だ。実際に弄られている部分だけではなく、何故だか全身に伝わっているようで、シャーロットはたまらず身体をくねらせる。

お腹……いや、下腹部が熱く感じる。脚の間に甘い痺《しび》れのようなものまで感じてきて、シャーロットはそこも彼に触れてもらいたくなった。

ダメよ……そんなこと。

自分がとんでもないことを考えていることに気づき、愕然《がくぜん》となった。

けれども、自分の身体の暴走が止められない。彼が顔を上げ、唇を奪うと、まるで誘うように彼の背中に手を回してしまう。

　彼は唇を離して、呻《うめ》いた。

「私を……止めてくれ。やめてほしいと言ってくれ」

　シャーロットは首を振った。

　やめてほしいなんて言えない。だって、わたしはやめてほしくないんだもの。もっと、この行為を続けてほしいの。

　けれども、そんなことは口にできない。だから、ただ、首を横に振ることしかできなかった。

「ああ……シャーロット……！」

　グリフィンはシャーロットをベッドに押しつけて、覆いかぶさるようにして再び唇を奪った。

　ピクニックは野外だったから、まだ自制心が働いた。しかし、今は二人きりの密室なのだ。もう歯止めはない。シャーロット自身、彼の情熱に押し流されていくことに、抵抗はなかった。

　もちろん、本当は止めるべきだって判っているけど……。

　彼のキスも愛撫も、シャーロットは欲しかった。少し前から、彼への気持ちは盛り上がっていたのに、彼のほうはいつも礼儀正しくて、自分を本当に好きかどうかもよく判らなかった。けれども、こんなふうに情熱的なところを見せられると、自分が深く愛されているような気がして、うっとりしてくる。

　もっと……もっとしてほしいの。

　シャーロットはいつの間にか、彼の舌に自分の舌を絡めていた。無我夢中で、彼にしがみつ

く。

いけないことだと思いながらも、もう止められない。

彼は唇を離すと、視線を合わせ、懇願《こんがん》するように言った。

「私と……結婚すると言ってくれ！」

「結婚……？」

シャーロットの胸が高鳴った。

彼はわたしと結婚したいんだわ！

大好きな人にプロポーズをされていることに、シャーロットは幸せを感じた。

父が裕福な男性と結婚させたがっていることは知っている。父が絶対、反対することも。しかし、彼となら自分は幸せになれる。

だって、わたしは彼のことがこんなに好きなんだもの。

シャーロットは頷いた。

「ええ。あなたと結婚するわ！」

返事を口にした途端、シャーロットはまた激しいキスを受けていた。

なんて幸せなのだろう。花束や指輪など何もないが、ロマンティックなプロポーズでなくてもいい。そんなことより、彼の情熱に包まれていることのほうが、シャーロットには重要だった。

めくるめく快感の渦《うず》に呑《の》み込まれることも、もう怖くない。結婚するのなら、順番は多少違うが、彼に何をされてもいいのだ。

グリフィンはシュミーズを剝《は》ぎ取った。

ふたつの胸が露わになる。彼の視線は改めてそこに釘付けとなった。

「綺麗《きれい》な胸だ……」

彼は柔らかい乳房に頰擦りをする。シャーロットは恥じらいを覚えた。彼が何をしたとしても許す気でいたが、彼の温もりに優しさを感じたからだ。

彼は乱暴な真似《まね》なんかきっとしないわ。

やはり、彼は我を失っていても紳士なのだ。彼の本質は変わらない。

彼の手がドロワーズの紐にかかる。それが解かれて、引き下げられていく。シャーロットはドキドキしながらも、抵抗しなかった。

脚から引き抜かれ、彼の目の前に自分の全裸が晒《さら》された。

彼はじっと熱い視線で自分の裸を見つめている。彼から見られることは恥ずかしいが、それだけではない。なんとも言えない蕩《とろ》けるような気分になってきて、シャーロットは身体をくねらせた。

「シャーロット……」

彼はまるで神々《こうごう》しいものでも触るように、そっとシャーロットの脚に触れた。

「あ……」

吐息のような声が洩《も》れた。

彼は太腿《ふともも》から腰の辺りまでスッと撫で上げる。シャーロットは自分が今、大変なことをしているとと判っていた。未婚の乙女がしてはならないことだ。けれども、もう情熱は止まらない。彼に触れられることが嬉しくてならないのだから。

「大丈夫……。大丈夫だから……力を抜いて」

気がつくと、緊張から、両脚に力を入れていた。なんとか力を抜くと、脚の間に彼の手がスッと差し込まれていく。

内腿に彼の手の感触がある。だが、それだけではなく、自分の大事な部分に彼の指がそっと触れるのを感じて、思わずビクンと身体を揺らした。

胸がドキドキしている。自分がこんなことをされているなんて、本当に信じられない。けれども、実際に、彼の前で全裸を晒《さら》し、乙女《おとめ》の部分に彼の手が触れることを許しているのだ。

彼が優しい手つきで、花弁の形をなぞっている。もう、それだけでも気が遠くなりそうなのに、そのうえ、彼はシャーロットの腰骨の辺りにもキスをしてきた。

「あ……んっ……」

甘ったるい声が自分の口から飛び出してきた。まるで、彼を誘っているようにも聞こえる。とても淫《みだ》らな感じがして、シャーロットは身体の芯が燃えるように熱くなってきた。

「なんだか……溶けてきそうなの……」

正直に打ち明けると、グリフィンは小さく笑った。

「この部分が？」

彼は指でゆっくりとそこを弄っている。

「ええ……」

「溶けているかもしれないな。ほら……こんなふうにするだけで、君のこの部分から蜜《みつ》が溢《あふ》れてきているのが判るかい？」

蜜って……なんなの？

よく判らないが、そこが溶けたみたいに潤んでいるのは判る。それは、自分の中から溢れだしてきたものらしい。

「君が気持ちよくなると、こうなるんだ。だから、よくないと嘘を言っても、すぐに判る。君が……どれほど感じているかということは……」

シャーロットの身体はさぞかし正直に自分の気持ちを語っていることだろう。そこは、すっかり潤んでしまって、彼の指の動きを助けていた。

「わたし……こんなこと……初めて」

初めてなのは当たり前なのだが、シャーロットは彼に不安を訴えた。ただ、彼のするままになっていて、自分は身を任せているだけだが、これから先のことはさっぱり判らない。

「そうだね……。君は初めてなのに……こうして私にすべてを任せてくれている」

グリフィンは不意に、シャーロットの脚を左右にもっと広げると、内腿にも唇を這《は》わせてきた。

「やっ……」

脚を広げられることが恥ずかしかった。そうして、大事な部分を見られてしまうことが。

「心配しなくていい。君は私の妻になるんだから……」

「妻は……こうすることが当たり前なの？」

「夫婦によるだろうが、それほどめずらしいことじゃない」

そんなふうに言われると、少し気が楽になってきた。これは夫婦になれば特別なことではない、当たり前のことだと知ったからだ。

それでも、じっと見つめられるのは恥ずかしかったし、彼の顔がその近くにあるのは耐えられなかった。

「そんなに……見ないでっ」

「どうして？」

「どうしてって……だって……あぁっ……」

恥ずかしいと思う理由を説明しようとしたが、広げられた両脚の狭間《はざま》にキスをされて、続きを言うことができなくなった。

彼は指で弄っていた花弁に舌を這わせていた。

「いやっ……やっ……あぁん……」

甘い声がひっきりなしに飛び出してくる。まさか、そんなことをされるとは思ってもみなかった。そんな場所を舐められるなんて、シャーロットの予想を超えていたのだ。

彼の舌が敏感な部分に触れる度《たび》に、シャーロットの身体はビクッと大きく揺れていく。甘い痺《しび》れが広がり、陶酔《とうすい》感が込み上げてきた。それが羞恥《しゅうち》心と相まって、シャーロットを不思議な境地へと追いやっている。気持ちがいいのに、何故だかとても苦しい。身体が何かを求めているのに、それがなんなのか判らない。

シャーロットはただ彼に翻弄《ほんろう》されていた。身体の熱っぽさが止まらない。身体だけでなく、頭の芯まで熱くなっている。

「はあ……あ……あぁ……っ」

意味のある言葉にはならない。甘ったるい声が自分の口から出てくる。彼は舐めるのをやめて、また指でそこを弄《いじ》り始める。

不意に、その指が自分の中に入ってこようとしていることに気がついた。

「やめ……てっ……」

驚いて腰を引こうとしたが、間に合わなかった。一本の指が挿入されて、シャーロットは動揺して、胸を上下させた。

「あ、あなたの……指が……」

「そうだ。私の指が君の中にいるよ」

彼はその指を動かした。引き抜きかけては、また奥のほうへと押し込んでいく。その繰り返しに、シャーロットはひどくもどかしい気持ちを覚えた。

蜜《みつ》が溢《あふ》れた自分の秘部が、彼の指の動きを感じている。身体の内部に彼の身体の一部があると思うだけで興奮してくるのに、それが動いて、自分を翻弄《ほんろう》しているのだ。彼の愛撫《あいぶ》のすべてに反応しているシャーロットは、まるで彼に操られているような気がしてきた。

彼は二本目の指を挿入してきた。

「あ……そんな……あっ」

「凄《すご》い……。締めつけてるね」

シャーロットは頭を振った。

締めつけているつもりなんかない。自分は翻弄されているだけで、何もかも自分の意思で動いているわけではないのだ。

彼は二本の指を揃《そろ》えて動かした。最初は少し痛みを感じたが、彼が敏感な部分を口で愛撫し始めると、痛みどころか、今度はそれが快感に変化していく。

なんて……なんて気持ちがいいの？

こんな感覚は初めてだ。やがて、シャーロットは身体の内部から熱い塊《かたまり》が込み上げてくるのを感じた。

止めようとしても止まらない。熱いものが身体を通って、頭の上まで突き抜けていく。

「あ…あぁあっ……」

シャーロットは身体を強張《こわば》らせて、生まれて初めての強烈な快感を覚えた。

今、何が起こったのか、よく判らない。身体の中に燻《くすぶ》っていたものが一気に燃焼したような気がして、シャーロットはただ呆然としていた。

甘い余韻《よいん》の中に漂っているうちに、グリフィンは指をそっと引き抜いた。そうして、彼は自分の衣服に手をかける。上着を脱ぎ、それから身につけていたものを次々と取り去っていく。

シャーロットは彼が自分と同じ裸になろうとしているところを見て、頭の中がカッと熱くなってきた。

今まで一方的に責められていたような気がするのは、自分だけが裸で、彼が服を着ていたからだ。しかし、彼もまた裸になるなら、これで対等な立場になる。

とはいえ、シャーロットは男性の裸を見たことがなかった。弟の裸なら見たことはあるが、子供と大人では当然、何もかも違うに決まっている。彼の素肌が現れてくるのを、シャーロットはドキドキしながら待った。

彼の身体こそ……なんて綺麗なの。

自分とはまったく違う引き締まった身体つきに、うっとりする。服の上からは判らなかったが、硬い筋肉に覆《おお》われていて、がっしりとした体格というわけではないが、たくましさを感じる。

最後に下穿《したば》きを脱いだとき、シャーロットは思わずそこを見つめてしまった。男性的な部分が猛々《たけだけ》しく勃《た》ち上がっている。それが意味するものがよく判らなかったが、とにかく普通の状態ではないように思えた。

じっと見つめているシャーロットに、彼は苦笑した。

「めずらしいものを見ているという顔だな」

「だ、だって……」

声が上擦っている。シャーロットは顔をしかめた。

「いや、もちろん君が男性の裸を見慣れているはずがない」

グリフィンはそう言いながら、シャーロットの両脚を広げた。今しがた指を挿入されていた秘裂《ひれつ》に、彼の股間《こかん》が当たる。

「えっ……」

シャーロットは腰を浮かせて、逃げようとしたが、グリフィンは逃がさないようにと押さえている。

「あの……」

彼は何をしようとしているのだろう。狼狽《ろうばい》して見上げると、彼は真剣な顔をして、こちらを見つめていた。

「優しくするから。少しだけ……我慢してくれ」

そう言ったかと思うと、彼は身体を押し進めてきた。

「あ……ぁっ」

猛ったものが自分の内部に入ろうとしている。そのときになって、シャーロットはやっと彼が何をしたがっているのか悟った。

そんな……！

切り裂かれるような痛みが走る。これを我慢しなくてはならないのだろうか。指はまだしも、彼の男らしい器官を受け入れるなんて……。

シャーロットは逃げたかったが、もちろん今更逃げられない。それに、これはきっと大切な儀式なのだ。男女が気持ちを確かめ合う手段ではないだろうか。

処女とか、純潔とか……。

それが何を意味するものか、今まで漠然《ばくぜん》とした知識しかなかった。初夜の床《とこ》で行われることは、こういうことなのだと、シャーロットは今になってやっと判った。

だから、彼は結婚してほしいと言ったんだわ……。

順番は違うが、結婚する相手にしかこんなことをしてはいけないのだから。

夫でなければ、受け入れてはいけない。今、シャーロットはグリフィンの花嫁になる儀式をしているのだ。

そう思うと、これは痛いだけの行為ではないと、はっきりと認識した。

わたし……彼の花嫁なんだわ。

彼を受け入れることに、喜びを感じた。自分だけが彼の花嫁になれるのだ。まだ結婚式は挙げていなくても、二人は結婚したも同然だ。

やがて、彼が奥まで己を納めきった。

シャーロットは自分と彼の身体が完璧《かんぺき》に重なったことを意識した。自分の内部に彼がいる。

グリフィンは目を合わせて、心配そうに尋ねた。

「痛いかい？」

「……もう、大丈夫みたい」

それは嘘ではなかった。ひょっとしたら、痛みに麻痺《まひ》しているのかもしれないが、最初は痛いと思ったが、彼が乱暴な真似《まね》をしなかったから、今は痛くなかった。

彼は微笑《ほほえ》んだ。

「これで、君は私のものだ」

シャーロットは顔を赤らめて、頷《うなず》いた。

「わたし……あなたの花嫁になるのね」

「ああ。忘れないでくれ。これから先、何があろうとも、君は私の妻だと」

彼は真剣な顔をして言った。

そして、まるで誓いのキスのように、シャーロットに顔を近づけて、そっと口づけをした。

感激で胸がいっぱいになる。彼の気持ちが伝わってくるような気がしたのだ。愛しているとは言ってもらってないが、それに近い気持ちであるように、シャーロットには思えた。

シャーロットは恐る恐る両手で彼の腕に触れてみた。男性の身体に自分から触れるのは初めてだった。まして、裸の身体に。

滑らかな肌の下に、力強い筋肉を感じる。シャーロットはうっとりしながら、肩に触れ、それから背中にも掌《てのひら》を這わせてみる。何もかも自分の身体とは違う。これが好きな人の身体なのだと思うと、触れるだけで陶然《とうぜん》となるのも不思議はないのかもしれない。

「シャーロット……」

彼が再びキスをする。シャーロットはそのキスに応えるように、必死で舌を絡め、口腔《こうこう》内への愛撫を受け入れた。

唇が離れると、彼はそろそろと動き出した。

シャーロットはぱっと目を見開いた。

彼が動くと、当たり前の話だが、自分の内部にあるものも動いていく。すると、中で擦れる感覚が快感となっていき、たちまち再び甘い痺れに侵されてしまう。シャーロットは彼の背中に手を回し、しっかりとしがみついた。

こうでもしなければ、自分がどこか流されていってしまうような気がしたからだ。

「あんっ……あぁっ……やん……っ」

どんなに抑えようとしていても、喘《あえ》ぎが口をついて出てきてしまう。彼のものが奥のほうまで当たると、ビクンと身体が揺れる。

彼と繋《つな》がっている部分は、すっかり蕩《とろ》けているようだった。甘い蜜《みつ》が溢《あふ》れだしている。シャーロットはいつの間にか自分でも腰を蠢《うごめ》かせていた。彼が施《ほどこ》す刺激だけでは物足りなくて、もっと刺激が欲しくてたまらなかったのだ。

自分の貪欲《どんよく》さに、シャーロットは驚くばかりだった。この行為を初めて知ったというのに、自分はもう彼をはしたなく求めてしまっている。

ああ、でも……。

それも、彼が好きだからよ。結婚できると思えばこそよ。彼はわたしの花婿で、わたしは彼の花嫁だから……。

この行為は誓いのようなものだ。

いつしか、シャーロットの両脚は彼の両脇に抱え上げられていた。自分は嵐のように翻弄《ほんろう》されているが、それでも構わないと思った。

「ああ……シャーロット！」

彼がぐっと腰を押しつけてきたとき、同時にシャーロットの理性も弾け飛んでいた。

全身を鋭い快感に貫かれて……。

シャーロットは力を抜きながらも、彼の首にしっかり腕を回していた。


肌と肌を合わせ、身体を絡みつかせて、じっとしていたが、しばらくしてグリフィンはシャーロットから離れた。

余韻《よいん》はもうどこかに消えている。熱も冷めてきたような気がして、シャーロットはふと不安になった。

何も不安になることはないわ。彼は紳士だもの。結婚の約束もしたのに、どうして不安になったりするの？

シャーロットは自分自身に大丈夫だと言い聞かせた。

自分は結婚前に純潔を失ったが、後悔していないはずだ。彼が好きで……彼以外の男性と、こんな行為をするなんて考えられない。

わたしには、彼しかいない。

彼だけが、わたしの身体に触れることができるのよ。

そして、わたしが彼のものであるのと同じように、彼もまたわたしのものなんだわ。

シャーロットは今、経験したばかりのことと、結婚のことしか考えられなかった。

彼はベッドから下りると、身支度《みじたく》を始めた。洗面台でタオルを濡らし、身体をさっと拭《ふ》いて、脱いだものを身に着けていく。彼がそそくさと衣服を身に着けていくのを見て、シャーロットはふと淋しくなった。

自分だけが置いてきぼりになったような気がしたのだ。

「もう……服を着てしまうの？」

シャーロットはもっと彼の身体を見ていたかったし、触れ合ってもいたかった。キスもしたいと思っていた。

グリフィンは振り返った。

「いつまでも裸だと、君を送り届けるのが遅くなってしまう」

「……そうね。もう帰らなくちゃいけないわよね」

それは判っていた。これ以上、グズグズしていたら、父に怪しまれる。父は心配なんかしないが、シャーロットが自分の知らないうちに男性と二人きりで過ごしたと知ったら、どう出るだろう。

元々、グリフィンと結婚することを、父に許可してもらうのは、とても難しいことなのに。せめて少しでも心証をよくしなくては。

シャーロットは起き上がった。手早く下着をつけ、グリフィンにコルセットの紐《ひも》を結んでもらう。脱がせるのは小間使いの手を借りたというのに、彼にコルセットをつけてもらうなら、小間使いを呼んだ意味がなかった。

でも、あのときは、こうなるとは思わなかったんだもの……。

少し休んで、よくなったら、すぐに帰るつもりでいた。まさか、処女を彼に捧げることになるとは、まったく想像もしていなかった。

鏡に向かって、なんとか髪を整える。帽子をかぶってしまえば、髪の乱れはごまかせるかもしれない。

他に、わたしに変わったところはないかしら……？

鏡を見たが、少し唇が腫《は》れているくらいだ。もちろん、それは彼と何度もキスしたからだ。しかし、キス以外のことは、自分の身体に痕跡として残ってはいないようだった。

グリフィンに抱かれて、大人の女になったというのに、鏡を見てもそんなことがあったようには見えない。いつもの自分が映っている。

彼に抱かれて、幸せな気持ち、それから不安な気持ちが交互に心を占《し》めている。

本来なら、結婚してからする行為をしてしまったのだから、何か落ち着かなくても当たり前だ。彼とは結婚の約束をしたが、父親にはまだ許しを得ていないからだ。

「ねえ……いつお父様に話をしてくれるの？」

シャーロットは鏡を見ながら尋ねた。彼は一瞬ギクリとしたように、こちらに目を向けた。

「なんの話だ？」

「もちろん、結婚の許しをもらう話よ。わたしは未成年だから、お父様が許可してくれないと、結婚できないわ」

彼は肩から力を抜いた。

「そうだったね……。とりあえず、今日はやめておこう。君のお父さんと会うときには、いろいろ準備が必要だ」

「そうよね……」

シャーロットは振り向いて、彼に笑いかけた。

「心配しないで。わたし、あなたとなら、どんな暮らしであっても幸せになるわ。お父様の許しが得られないのなら、駆け落ちしたっていいの……！」

グリフィンが裕福ではなくても大丈夫だと、シャーロットはほのめかした。ストレートに言ってしまうと、彼も体面があるだろうから、さり気ない言葉で伝えてみる。

「本当にどんな暮らしであっても？」

「ええ！」

シャーロットは彼に抱きついて、頬《ほお》にキスをした。彼は微笑み、シャーロットの頬にキスを返した。

けれども、その仕草はどことなくぎこちなくて……。

シャーロットは不安を覚えたが、それを無理やり振り払う。

彼の気持ちを疑ってはいけない。
とにかく、信じるのよ……。
シャーロットは自分にそう言い聞かせた。

第三章

恋人の裏切り

グリフィンは結婚の承諾《しょうだく》を得るためにすぐに父に会いに来てくれる。そう思っていたのに、彼は来る気配もなかった。いや、それどころか、彼とは会えなくなっていた。

あのピクニックの日から、二週間が過ぎたというのに、彼はもはや公園には現れなくなっていたのだ。もちろん、公園の外でも会えない。

シャーロットは彼の裏切りに愕然《がくぜん》とした。

最初は、何か用事ができたのだと思っていた。病気になったのではないかと心配したこともある。だが、次第に恐ろしい考えが、シャーロットの頭に浮かんだ。

彼の目的は、ただ欲望を満たすことだけだったのかもしれない……と。

そんなことは信じられなかった。彼はずっと優しかった。紳士だった。そんな人が自分を騙《だま》したりするだろうか。

けれども、あの日以来、シャーロットが彼に会えなくなっていたのは事実だ。それに、グリフィンは素性《すじょう》も知れない男だった。彼は苗字《みょうじ》さえも教えてくれなかったし、どこに住んでいるのかも判《わか》らない。そもそも、グリフィンという名も、本当の名かどうかも判らないのだ。

シャーロットは彼と話すうちに、自然と自分のことは話していた。苗字も教えたし、どこに住んでいるのかも。そして、何より、毎日、弟妹達と公園に出かけることは、彼もよく知っているはずだった。

それなのに……彼は姿を現さない。

病気なら、それから用事があるなら、伝言を寄越すことくらいはできるはずだ。それさえもしないということは、つまり……。

彼はわたしを騙したのだ。結婚の約束をしながら、わたしを抱いた。彼の目的はわたしの処女を奪うことだけだった。

本当はそうは思いたくない。彼を信じていたかった。純潔を捧げるくらい好きになった男性なのだ。彼を信じずに誰を信じるのだろう。

でも、彼はわたしを見捨てた……！

そして、もっと悪いことが、シャーロットを襲った。

それは、いつものように父に連れられて舞踏会に出かけたときのことだった。

招かれた屋敷の中に入ったときに、何かいつもと違う雰囲気《ふんいき》を感じていた。招待状をくれたはずの主人とその夫人は、一応、笑顔で自分達を迎えてくれたものの、どこか冷ややかだった。

父もシャーロットもそれを変に思いながらも、舞踏室へと入っていった。自分と同い年でデビューしたばかりの女性達が集まっていたので、カードルームに向かう父と別れて、彼女達に挨拶《あいさつ》をした。

「こんばんは。今夜は少し肌寒いわね」

いつもなら、そこから絶え間ないおしゃべりが始まるはずだった。しかし、彼女達は誰一人として振り向こうともせずに、わざと違う話題で盛り上がっていた。シャーロットがいるのを、まったく無視しているのだ。

なんなの、一体……。

こんなふうに嫌がらせをされるのは、初めてのことだった。このところ、シャーロットの心はグリフィンにされた仕打ちでいっぱいで、ずっと周りのことを気にしていなかったが、そういえば、少し前から何か様子が違うような気がしていたのだ。

自分の振る舞いで、正しくないことがあったのだろうか。社交上のマナーが間違っていたとか、そういうことなのかもしれない。

しかし、こんなにあからさまに無視されるなんて、信じられなかった。彼女達のことを友人だと思っていたのは、間違いだったのかもしれない。

シャーロットは落ち込んだ。自分には人を見る目がないのだろうか。恋人だと思った人に騙され、友人だと思っていた人達には背を向けられて……。

今夜は誰もダンスを申し込んでくれない。いつもなら、ダンスカードに名前が書かれるのに、誰も男性が近づいてこないのだ。今夜は壁の花で終わりそうだった。だが、どうして突然、そういうことになったのだろうか。

ぼんやり立っていると、誰かの声が聞こえてきた。

「あんな可愛《かわい》い顔をしているのに、まさか彼女が……」

「人は見かけによらないって言うわよ」

「宿屋で部屋を取って……」

「相手は金髪の男性だったそうよ」

何気なく聞いていたシャーロットだったが、それが自分の噂《うわさ》だと気づいて、蒼白となった。扇子《せんす》を持つ手が震えてくる。

あのことが、どうして……！

自分だと判らないように帽子を目深《まぶか》にかぶって、顔を伏せていたというのに。だが、帰るときに階段を踏み外しそうになって、グリフィンにしがみつき、帽子が取れてしまった。しかも、小さな悲鳴を上げて、注目の的《まと》になったのだ。あのとき、知り合いの誰かに見られていたのかもしれない。

そして、今になって、噂が社交界に流れて……。

噂が真実でないのなら、はっきりと否定できる。だが、シャーロットにはできなかった。それは本当のことだからだ。男性と二人きりで出かけ、気分が悪くなって、宿屋で休んでいた。それだけでも、世間はそれをスキャンダルだと見なすだろう。

しかし、実際、自分は彼に抱かれてしまった。根も葉もない噂でさえ致命的なのに、それは本当のことなのだ。

ああ、どうしよう！

しかも、シャーロットは相手に捨てられてしまった。いや、捨てられたというより、最初から弄《もてあそ》ばれていたのだろう。楽しく遊ばれた後で、用のないものとして片付けられてしまった。

どうすればいいだろう。嘘をついて、噂を否定すべきだろうか。だが、誰も面と向かって、尋ねてこないのに、どうやって否定すればいいというのだろう。それに、やはり嘘をつくのは、良心が咎《とが》める。

事実、わたしは最悪のことをしてしまった……！

もはや処女ではないのだ。こうして無垢《むく》の象徴である白いドレスを着ている資格もない。

壁の花として立っているのもつらくなった頃、カードルームから父が戻ってきた。父は怒りを堪《こら》えている表情をしている。きっと、あの噂が耳に入ったに違いない。

こうなったのは、何もかもわたしのせいだわ……。

公園で会っただけの人を信じた自分が愚かだったのだ。彼は父に挨拶に行くと言ったのに、逃げてしまった。そもそも、彼は何者だったのだろう。自分が想像したより、身分の低い男だったのかもしれない。父が絶対に結婚を許してくれないような相手だったから、そんな努力もしたくなかったのだろうか。

でも、わたしはどんな暮らしでもいいと言ったのに……！

駆け落ちしたってよかったのに！

やはり、彼は最初から自分を騙《だま》すつもりだったのかもしれない。だから、自分のことはほとんど語らなかったのだ。あれが本名だったかどうかだって怪しい。

あんな人を紳士だと信じたばかりに、消えない烙印《らくいん》を捺《お》されてしまった。ふしだらな娘だという烙印を。

そして、そんなふうに噂になった自分は、二度と良縁には恵まれない。

誰もわたしなんて欲しがらない……。もう、まともな結婚なんてできるはずがない。

近づいてきた父は、打ちひしがれているシャーロットの腕を強い力で摑《つか》んだ。

「帰るぞ」

不機嫌そうに言うと、シャーロットを屋敷から連れ出した。帰りの馬車に乗り込むなり、父は我慢していた怒りを爆発させた。

「この恥知《はじし》らず！　おまえはなんと噂されているのか、知っているのか？」

シャーロットは青ざめた顔をして、うつむいた。

反論するすべはない。事実だから、仕方なかった。あのとき、階段を踏み外しそうにならなければ……帽子を落としたりしなければよかった。そう思いつつも、一番悪いのは、やはり自分自身だと判っていた。グリフィンを信じてはいけなかったのだ。

「相手は誰だ？」

シャーロットは答えなかった。

父は苛々《いらいら》したような声を出した。

「答えろ！　こんな噂になった以上、その相手に結婚してもらわなくては」

「でも……」

「名前を言え。それだけでいい」

それさえも、はっきりしないなんて、できれば言いたくなかった。だが、言わなければ、父は納得しないだろう。

「グリフィン……としか知らないのよ」

「グリフィン？　苗字は？　何者だ、そいつは？」

シャーロットは仕方なく彼と公園で出会い、信用してしまったことなどを話した。それを聞いた父は、凄《すご》い形相《ぎょうそう》でシャーロットを睨《にら》みつけ、吐き捨てるように言った。

「おまえはきちんと名前も名乗らないような男を信じて、身を任せたというのか？　信じられない。おまえがそんな愚かな娘だったとは！」

シャーロットは惨《みじ》めな気持ちだった。自分だって信じられない。しかし、彼は優しい紳士だったし、信用できると思ったのだ。名前のことや何者かということなど、シャーロットの頭の中から抜け落ちていた。

どうして、もっと慎重にならなかったのだろう。悔やんでも悔やみきれない。

「ごめんなさい、お父様……」

「謝ったところで、取り返しがつかない。おまえはなんということをしてしまったんだ！　おまえの結婚相手だけが頼りだったのに」

「え……？」

どういうことなのだろう。父が怒っているのは、シャーロットの幸せとは無関係のことのようだった。

「おまえをできるだけ裕福な男に嫁《とつ》がせて、借金を清算してもらうつもりだったんだ。その計画をおまえが潰してしまった。もう……工場は閉鎖するしかない。私は借金に塗《まみ》れて、首をくくるしかないだろうな！」

「こ、工場が……？　業績が悪いの？」

そんなこととは、まったく知らなかった。父は女子供に仕事のことを口にしなかったし、今までそんなにひどいことになっているとは思ってもいなかった。

まさか、借金があるなんて……！

知っていたなら、花婿探しにも熱が入っていたはずだ。そして、父の願いどおりに、できるだけ裕福で、お金を出してくれる相手を探していたはずだ。自分を犠牲にしても、家族を救わなくてはならないからだ。

けれども、そんなことは知らなかったから、父が許してくれなければ駆け落ちをしようなどと、夢見ていられたのだ。

わたしはなんてことをしてしまったの……！

自分の評判や将来を潰しただけではなかった。家族のこれからの生活もすべて真っ暗闇にしてしまった。

「いや、まだ諦めるわけにはいかない！」

父は激しい口調で言った。

「おまえがどんなふしだらな娘だろうと、若くて、おまえくらいの器量の持ち主なら、誰かもらってくれる相手はいるはずだ。ただし、どんな相手だろうと、おまえに文句は言わせない。相手が決まれば、黙って嫁ぐんだ」

父の命令に、シャーロットはぞっとした。けれども、確かに自分にはもはや選択肢《し》などない。家族の生活の安泰を願うなら、どんな相手でも嫁がなくてはならない。

たとえば、どんな年寄りだったとしても。

シャーロットはふとグリフィンのことを思い出し、目を閉じた。たとえ、彼が約束を守ってくれたとしても、もはや駆け落ちはできない。自分の肩には家族の将来がかかっている。父の工場のことなど考えたこともなかったが、借金があるとなれば、父の言いなりになるしかなかった。

お金目当てで結婚するのは、何も自分が初めてではないのだ。そうやって運命に翻弄《ほんろう》された女性は今までたくさんいたに違いない。シャーロットはそう思って、自分を慰《なぐさ》めるしかなかった。

「おまえは当分の間、外出禁止だ。私の許可なくして外に出てはいけない」

そう言われても仕方のないことをした。父にしてみれば、腸《はらわた》が煮えくり返るような気持ちだろう。

シャーロットは、泣きそうになりながらも、ただ頷いた。


それから、何度か我慢して舞踏会に出たものの、結果は同じだった。聞こえよがしに悪口を言われ、壁の花でいるしかなかった。父はそれでも花婿を探していたようだが、結局、スキャンダルに塗れた自分を花嫁にしたいと思っている男など、見つからなかったらしい。

シャーロットはとうとう舞踏会に出ることもなくなり、自宅にじっと閉じこもっていた。スキャンダルのことを考えると、外に出るのも怖い。人目が気になるのだ。それに、父も外出を許可したりしないだろう。

ところが、グリフィンが去っていってから、一ヵ月ほど経ったある日の夜、父は機嫌よさげにシャーロットの部屋に入ってくると、明日の昼にガーデンパーティーに連れていくと言った。

父の機嫌がこんなにいいということは、こんなスキャンダルに塗れた自分でも、花嫁にしてやろうという奇特な男性が現れたからなのだろう。そして、その男は気前よく父の借金を払ってくれる人なのだ。

心のどこかで意気消沈しながらも、これでよかったのだと思った。

自分が結婚すれば、家族が救われる。それだけを肝《きも》に銘《めい》じて、どんな相手を紹介されるにしろ、礼儀《れいぎ》正しく接しようと決心した。

翌日の午後になり、シャーロットは父と継母《ままはは》のロレインと共に、ガーデンパーティーに出向いた。

ロレインは舞踏会は好きではないらしく、あまり出席しないのだが、昼間の集まりなら喜んで出席するのだ。シャーロットはガーデンパーティーであっても、自分に噂がついて回ることは判っていたので、本当はこんな催《もよお》しに参加したくはなかった。

とはいえ、父には逆らえない。パーティーで父が男性を紹介したなら、その人が自分の花婿になる運命の人というわけだ。

パーティーの主催は、聞いたことのない貴族の名前だった。確か、フォーラン伯爵だとか。あまり聞いたことのない名前だから、こうしてパーティーを開いて、これから社交界に出ていこうとしているのかもしれない。

つまり、彼こそが父が紹介する相手で……。自分の噂はまだ彼の耳には届いていないから、自分のような娘でも結婚しようという気になったのではないだろうか。

シャーロットは不安だった。彼が知らなくても、いずれ誰かが教えるのではないか。そうしたら、結婚が決まっても、婚約破棄《はき》されるかもしれない。いや、噂が好きな人達はたくさんいるのだから、今日にでもその人はシャーロットのスキャンダルを耳にするだろう。

だが、何もその伯爵が自分の結婚相手とは限らない。パーティーの参加者の一人ということも考えられる。誰を紹介されたとしても、自分には断る権利などない。せいぜい、愛想よく振る舞うことだ。

フォーラン伯爵の敷地は、ロンドンという土地柄を考えると、かなり広かった。もちろん街中ではなかったが、庭はたっぷりとあり、屋敷も大きく立派だ。

馬車の窓から屋敷を見て、シャーロットと継母は感嘆《かんたん》の声を上げた。父は楽しそうに笑っている。

「伯爵は今まで社交界には出てこなかった。爵位を継いだものの、金儲《かねもう》けのほうが大事だったらしくてな。とにかく、金はたんまり持っているようだ」

貴族なのに金儲けが好きだとは、どんな男なのだろう。父はやはりその男をシャーロットに紹介するつもりのようだった。

父の計画は上手《うま》くいくのだろうか。それとも……。

馬車が停まると、父はさっさと降りていく。シャーロットは一番後から降りたが、父が挨拶している人物を見て、足が止まった。

そこにいたのは、シャーロットがよく知っている男性だった。

グリフィン……！

嘘よ。どうして、彼がこんなところにいるの？

しかも、彼はあの流行遅れの古い服ではなくて、貴族らしいきちんとした服装で立っていて、父と親しげに話をしている。公園で何度も会い、恋人となった彼とは違う人間に見えた。

蒼白となって、後ずさりをする。このまま馬車に乗って、家に帰ってしまいたい。そう思って、振り返ったが、すでに馬車の扉は閉じられていて、動き出そうとしていた。

「シャーロット！　何をしているんだ。早く来ないか！」

父の苛々《いらいら》とした声に、またそちらを向く。

グリフィンと目が合うが、彼はまるで見知らぬ人を見るような表情をしていた。

事情は判らない。だが、自分が本当に騙《だま》されていたという思いで、胸がいっぱいになる。彼が姿を現さなくなって、騙されていたことは判っていたつもりだったが、それでも心のどこかで何か事情があったに違いないと、彼を擁護《ようご》する気持ちがあった。

でも……。

彼は本気でシャーロットを騙していたのだ。そして、ここでも別のお芝居をしているのだ。

シャーロットは呆然《ぼうぜん》としながらも、なんとか顔を上げ、父の傍に行った。とても、これが現実のこととは思えない。もしかしたら、今、自分は夢でも見ているのかもしれないと思った。

父はシャーロットをグリフィンに紹介した。

「フォーラン伯爵、これが私の娘のシャーロットです」

彼がこの屋敷の持ち主であるフォーラン伯爵なのだ。貧乏貴族なんかではなかった。

「シャーロット嬢……」

グリフィンはシャーロットに微笑《ほほえ》みかけて、恭《うやうや》しい仕草で手を取った。彼はもちろんグリフィンなどと名乗る気はないようだった。初めて会ったような顔が、どうしてできるのか、シャーロットには信じられなかった。

彼はわたしの純潔を奪ったというのに！

「初めまして、フォーラン伯爵様」

シャーロットは強張《こわば》った笑みを返した。彼のように普通に微笑んだりできない。こんなお芝居に付き合うのは、父の手前だ。そして、家族の将来のためだ。

「どうぞ、ご家族とパーティーを楽しんでください」

彼は優しく笑いかけ、シャーロットの手を離した。シャーロットは今すぐ庭の片隅に隠れて、泣きたかった。こんな屈辱《くつじょく》には耐えられない。

父の期待は判っているが、シャーロットには彼の目的がさっぱり判らなかった。彼は一体、何をしようとしているのだろう。ここまで苦しめられるようなことを、自分がしたとも思えない。

シャーロットは毅然《きぜん》としていたかった。彼の裏切りに気づいてから、何度も泣いた。今もひどく傷ついていたが、それを彼に悟られたくはなかった。こんな男を本気で好きになってしまって、身体を捧げてしまった自分が、あまりにも愚かに思えた。

父は機嫌よさげに知り合いに挨拶《あいさつ》するために、歩き去っていく。父はいつもそうだ。自分の仕事のことしか頭にないのだ。もっとも、今にも潰れそうな工場を抱えているのだから、金策に熱心になるのは仕方ないとも思えた。

ロレインもまた知り合いに挨拶にいきたそうにしていた。が、シャーロットを一人にしてはいけないとも思っているようだ。

シャーロットは自分がロレインと一緒にいたら、彼女に迷惑がかかることは判っていた。結局、スキャンダルに塗れ、噂をされ、誰からも無視されているのはシャーロットだけだ。自分が傍にいることで、彼女が友人達に無視されては可哀想《かわいそう》だった。

「お継母様《かあさま》、どうぞお友達と話をしてらして。わたしは一人でお庭の花を見て回りますから」

「でも……いいのかしら」

ロレインは迷う素振りをする。彼女はまだ若くて、シャーロットの母というより姉に近い存在だ。彼女の少しおっとりしたところや、大らかなところが好きなのだ。彼女まで自分と同じように傷ついてほしくない。

「ええ、もちろんよ」

シャーロットは自ら彼女と別れて、庭の中を進んでいく。いろんな催《もよお》しがあるだろうが、もうどうでもいい。自分はどこか人目につかないところで、じっとしていよう。それが一番いい

に決まっている。

父とグリフィンの間には、なんらかの話し合いがあったようだが、シャーロットにはそれはすべて茶番に見えて仕方がなかった。

もちろん、父はフォーラン伯爵その人が、娘のスキャンダルの相手だとは気づきもしていない。彼が父に、娘と結婚してもいいと言ったかどうか知らないが、本気で結婚したいと思うなら、真実を話すべきなのだ。娘を誘惑して捨てたのは、自分なのだと。

いいえ、彼にわたしと結婚する気があるとは思えないわ！

庭の隅の薔薇園《ばらえん》に、ベンチがあった。シャーロットはそこに腰かけ、乱れた心を鎮《しず》めようとした。いっそ泣いてしまいたいが、泣いたら自分の負けになるような気がして、涙を堪《こら》える。

彼と勝負しているわけでもないのに、泣くのが悔しいのだ。

グリフィン……！

彼とはもう会えないと思っていた。会えて嬉しいのかどうか、自分でも判らなかった。彼はどうして自分が伯爵であることを隠していたのだろう。そして、どうしてこんな形で会うことにしたのか。

彼はわたしだけをスキャンダルの渦中《かちゅう》に置き去りにした……。

そう思うと、胸が張り裂けそうなくらい悲しかった。彼はあの翌日から姿を現さなくなった。何か意図があったとしか思えない。つまり、シャーロットの父に挨拶をし、結婚する意志はなかったということだ。

でも、それなら、どうして今になって、父に近づいたのかしら。

良心が痛んだから？　それとも、これも何かの意図があって、していることなの？

どっちにしても、さっき彼と目を合わせたとき、シャーロットの恋は完全に幕を下ろした。

ここまで自分を苦しませておいて、初めて会うようなふりをした彼を、シャーロットは許せそうになかった。

あんなに優しかったのに、あれが嘘だったなんて……。

もう、何も信じられない。会えないままだったら、まだ何か事情があったのかもしれないと思えたかもしれない。けれども、今は彼の言動の何もかもが嘘だとしか思えなかった。

ふと、足音が近づいてきたことに気がつき、顔を上げた。

グリフィンがこちらに近づいてきている。シャーロットは彼と話をしたい気分ではなかったから、ベンチから立ち上がり、彼に背を向けた。別の小道へと歩き出そうとしたが、彼の足のほうが速くて、後ろから腕を摑《つか》まれた。

「シャーロット……！」

彼が自分の名を呼ぶ声に、思い出が甦《よみがえ》ってきた。だが、その思い出に浸るには、シャーロットは傷つきすぎていた。以前の二人には、もう戻れるはずもない。

シャーロットは彼から顔を背けたまま、硬い口調で言った。

「伯爵様、わたしを親しげにお呼びにならないで」

彼は一瞬、怯んだようだったが、無理やりシャーロットの肩を掴んで、自分のほうへと向かせた。

しかし、それでもシャーロットは彼と目を合わせなかった。優しげに微笑まれたら、また騙されてしまうかもしれない。それが怖かった。自分はもう愚か者にはなりたくない。

シャーロットは頑固な性格ではないし、強気というわけではない。人との関係において、引っ込み思案だし、自分の意志を通そうという気はなかった。けれども、彼のことは信用できないし、以前のように夢中になりたくなかった。

グリフィンは目を合わせようとしないシャーロットの態度に、小さな溜息をついた。

「君を傷つけたことは判っている」

「判っているなら、もう話しかけないで」

「そうはいかないだろう？　君は今、とても困った状態に置かれているはずだ。あの日のことで、ここまで大きなスキャンダルになってしまうとは、私も思っていなかった。だが、こうなった以上、私が取るべき方法はひとつだけだ。……シャーロット、結婚してくれ」

「嫌よ！」

シャーロットは反射的に答える。そう言った自分も、そして、言われたグリフィンも驚いていた。

「断ってどうするんだ？　君は私の助けが必要なはずだ」

　もちろん、これが救いの手だとは判っている。しかし、今はどうしても素直になれなかった。家族を救うためなら、どんな相手とだって結婚する気だった。だが、これはあまりひどいプロポーズだ。

「あなたは自分の手でわたしをスキャンダルに突き落としておいて、今度は助けると言っているのね？」

　恨みがましい言葉に、グリフィンはたじろいだようだった。

「君は……あのとき結婚すると言ったはずだ。あのときの約束を果たすだけの話だ。難しいことは考えなくてもいい」

「難しいことですって？　あなたが伯爵だって、わたしは知らなかった。名前しか名乗らずに……いいえ、あれがあなたの本名だったかどうかも知らないわ」

　彼は口元を一瞬引き締めた。

「……本名だ。グリフィン・リンド。それが私の本当の名前だ」

　シャーロットは唇を噛《か》みしめた。今更《いまさら》教えてもらっても仕方がない。最初から知っていれば、ここまでの屈辱《くつじょく》を味わわずに済んだのだ。

「でも、あなたはわざとわたしに中途半端な名前しか教えなかった。あなたのことを貧乏貴族だって、勝手に思い込んでいたわたしは愚か者よ。あなたの本当の姿も知らずに、恋人だと言われて、喜んであなたと会っていた。あなたはさぞかし、おかしかったでしょうね？」

「私は自分なりの理由があって、そうしただけだ。だが、君を抱いた後、放り出そうとは思っていなかった。だから、こうして改めて結婚の申し込みをしているんだ」

こんなことを、冷静に話せる彼が、シャーロットは憎かった。理由というのがなんなのか知らないが、彼は意図して自分を騙したことを認めたも同然だった。そして、そのことで彼は悪いとも思っていないことも判った。

「理由って……なんなの？」

「君は知らなくていい。君がすべきことは、私と結婚することだ。お父さんの置かれた状況のことは知っているんだろう？」

シャーロットは眉《まゆ》をひそめた。借金があり、紡績《ぼうせき》工場は傾き、破産寸前だと、父は彼に告げたのだろうか。父はプライドが高く、そんなことを誰に対しても認めそうになかった。

だが、父は絶体絶命の危機に陥《おちい》っていた。シャーロットとの結婚を承諾《しょうだく》するように、彼には本当のことを告げたのだろうか。

「君が結婚すれば、スキャンダルから逃れられるだけでなく、君の家族は救われるんだ。ルビーやニックを路頭に迷わせたくないだろう？」

シャーロットの顔から血の気が引いた。

弟や妹の名前をここで出すなんて、卑怯《ひきょう》だとしか思えない。自分が彼らをどれだけ可愛《かわい》がっているのか、彼が知らないはずはないだろう。

結局のところ、彼と父との間では合意がなされているはずだ。そうでなければ、父は絶対にこのガーデンパーティーにシャーロットを連れてきたりしなかっただろう。

父は彼がシャーロットのスキャンダルの相手だとは知らずに、結婚を決めたのだ。皮肉なものだ。シャーロットはおかしくなったが、笑わなかった。自分は頑固な性格ではないが、今回のことは笑えない。結局のところ、自分には選択肢《し》はないのだ。スキャンダルに塗《まみ》れ、他の男性に嫁ぐことはできない。それならば、彼に責任を取ってもらうのは、正しい行動に違いない。

シャーロットが嫌だと言ったのは、彼の思いどおりになるのが嫌だっただけだ。他に助かる方法はない。それに、ここで断ったりしたら、父は激怒するに決まっている。

シャーロットは目を伏せたまま、口を開いた。

「判ったわ。あなたと結婚します」

彼の手がシャーロットの顎《あご》を上げた。目が合うと、彼はじっとシャーロットの瞳を見つめてくる。その眼差しの奥に、熱いものがあり、シャーロットの身体はカッと熱くなってくる。

もう……ダメよ。わたしはこの人を信じたりしないんだから。

純潔を捧げてもいいくらい大好きな人だった。恋人だとも思った。結婚する相手だとも思っていた。

しかし、彼はなんらかの理由で、自分を罠《わな》にかけた。そんな相手をもう好きになるわけにはいかない。信じることもない。たとえ、それがどんな理由であったとしても。

彼は顔を近づけてきて、唇を奪った。

荒々しいほどのキスで、シャーロットはつい自分からも応えそうになった。が、直前で我慢する。キスの後に、二人にはどんなことが起こったのか、それを思い出したからだ。

彼は唇を離し、頰《ほお》を指で撫でた。

風がシャーロットの髪を嬲《なぶ》っていく。

「できるだけ早く結婚する。今から、君とわたしは婚約者だ」

グリフィンはそう宣言して、シャーロットの手を自分の腕にかけた。


グリフィンは後悔していた。

シャーロットを巻き込む計画を立てたことを。

本当にこんなつもりではなかった。シャーロットが驕慢《きょうまん》な女だったらよかったのに。そうしたら、心おきなく見捨てることができたはずだ。

しかし、シャーロットは心優しき女性であり、世間のことは何も知らなかった。それに、そもそも純潔を奪ったりするつもりもなかったのだ。ただ、社交界から彼女には恋人がいると思われて、少しばかり評判に傷をつければいいだけだった。

けれども、自分は彼女の評判だけではなく、彼女の心まで傷つけてしまっていた。

あのとき、彼女が馬車に酔ったりしなければ……。

宿屋で休憩することを思いつかなければ……。

いや、誘惑に負けた自分がいけないのだ。自制すべきだったのに、彼女がしどけない姿でベッドにいるところを見ただけで、欲望が燃え上がってしまい、キスをしたらもう止められなくなっていた。

それでも、彼女とは結婚するつもりだった。約束を反故《ほご》にする気はなかった。そうでなければ、彼女を抱いたりできなかった。

まさか、自分の頭を冷やすために、ロンドンを留守にしている間に、社交界で彼女のことがひどい噂《うわさ》になっているとは思いもしなかった。戻ってきたときには、彼女はふしだらな娘として、社交界にはいられなくなっていた。

図らずも、それはグリフィンの目的に叶っていたのだが……。

噂のおかげで、メイヤーは娘を裕福な男に嫁がせるということができなくなっていた。さぞかし焦ったことだろう。だからこそ、こちらから彼の娘を花嫁にしたいとほのめかすと、すぐに餌《えさ》に食いついてきたのだ。

彼も余裕があるときには、もっと相手を精査するのだろうが、彼は自分に賭《か》けるしかないのだ。娘を差し出し、何とか援助の約束を取りつけようとしている。娘の幸せなどどうでもいいのだろう。これが最後のチャンスだと判っているから、必死なのだろうが。

グリフィンは無理やり腕を組ませたシャーロットの青ざめた顔をちらりと見る。

彼女は騙されたことで怒っている。スキャンダルの渦中《かちゅう》に置き去りにしたことを、恨んでいるに決まっている。彼女はどれほど社交界でひどい目に遭《あ》ったのだろう。社交界には、スキャンダルを起こした女性の居場所など、どこにもいない。まして、未婚の娘なのだ。容赦《ようしゃ》ないほど断罪されたに違いない。

だから、グリフィンは彼女に償いをするつもりだった。手を差し伸べて、結婚式を挙げる。それから、あの強欲なメイヤーを地獄の底に突き落としてやる。

もっとも、シャーロットもその家族も、メイヤー以外には罪はない。逆に、地獄から救い出す予定だ。そうしなければ、自分こそが冷酷な男となってしまう。結局のところ、グリフィンは彼らに情が移ってしまっているのだ。

まして、シャーロットは……。

彼女のことは自分の責任だ。結婚した後に、あの宿屋で一緒に過ごしたのは自分だと、それとなく噂を広めておかなくては。そうしたところで、彼女の怒りが解けるとは思わないが。

いずれは、彼女も自分に従うはずだ。彼女はとても優しい性格をしている。いつまでも、怒っているとは思えなかった。

ガーデンパーティーの真っただ中で、今、シャーロットは自分と歩いている。それを見咎《みとが》めた女性達は、こそこそと噂話に興じているらしかった。グリフィンは彼女達に近づき、声をかけた。

「楽しんでいますか？」

食事や飲み物をたくさん用意して、野外での遊びも楽しめるようにしている。もちろん音楽も奏でていて、ダンスをしたいなら踊ってもらっても構わない。グリフィンは社交界には出たことがなかったし、舞踏会に行ったこともないが、ガーデンパーティーなら仕事の相手に招かれ、出席したことがあった。

今日は、グリフィンが社交界にデビューする記念の日だ。今日招いたほとんどの客は直接の知り合いというわけではない。間接的に仕事で関わりがある人達ばかりだが、彼らもグリフィンの顔を知らなかったし、フォーラン伯爵という名前しか知らなかったのだ。

父である先代のフォーラン伯爵は人嫌いで、同じく社交界に出なかったため、その名前自体もそれほど知られていない。つまり、自分もフォーラン伯爵も、長らく謎に包まれた人物だったというわけだ。

だから、メイヤーは、シャーロットが社交界から締め出されなかったら、自分の蒔《ま》いた餌にはそれほど食いつかなかったかもしれない。最後の望みの綱だからこそ、こうして食いつき、娘を渡す気になったのだろう。

グリフィンは、声をかけた女性達が愛想笑いをしながら、シャーロットのことは完全に無視し、自分に対してしなを作るのを見た。

「フォーラン伯爵様、素晴らしいお庭ですわね」

「ロンドンで、こんなお庭を持っていらっしゃる方はそんなにいらっしゃらないのでは」

「今度はぜひわたし達の舞踏会にもいらしてくださらなくてはいけませんわ」

グリフィンは、表情を強張《こわば》らせているシャーロットにちらりと目を向けた。

「そのときはぜひ妻と一緒に伺《うかが》わせていただきます」

彼女達は一様に目を丸くした。

「妻、ですって？　あの……伯爵様は独身とお聞きしたのですが」

驚く彼女達に、グリフィンは微笑《ほほえ》んでみせる。

「今のところはそうですが、すぐに結婚することになっています。……こちらが私の婚約者のシャーロット・メイヤーです」

彼女達が息を呑《の》み、今まで目を向けることすらしなかったシャーロットを凝視した。

「こ、婚約者？　だって、こちらの方は……」

彼女にはスキャンダルがあるとは、まさか面と向かって言えないだろう。それでも、そう言いたげな視線を向けられて、シャーロットは身体《からだ》を強張らせた。

「彼女は素晴らしい女性です。心ない噂など、私は信じるべきではないと思います。……いかがでしょう?」

自信たっぷりに微笑みかけられると、彼女達は反論できないようだった。誰に現場を見られたのか知らないが、迷惑なのは目撃されたことではなく、噂をばらまかれたことだ。社交界とはそういうところかもしれないが、シャーロットのようなおとなしく無害な娘が嫌われていたとは思えないし、面白半分に噂した結果が彼女を社交界から追い出すことになったのだろう。

「ええ……。もちろん、そうですわね。ご婚約おめでとうございます」

一人の女性がそう言い出すと、他の女性達も同調する。そんな調子で、グリフィンは次々とシャーロットを婚約者だと紹介して回った。

シャーロットは、最初は強張った笑みを浮かべていたが、徐々に彼女らしい笑顔が出るようになってきた。これはせめてもの償いだ。彼女の父親は破滅させたいが、シャーロットのことは別だった。

しばらく、客の間を回っていると、シャーロットの父がにやにやしながら近づいてきた。

グリフィンは彼に恨みを抱いていたが、今のところ、それを表に出すつもりはない。ただ、隙《すき》を見せないようにはしている。シャーロットと結婚する代わりに借金を清算する話も、単なる口約束だ。契約書など交わしてしまったら、本当に金を出さざるを得ないからだ。

もちろん、金など出す気はない。いや、約束を守るという名目で、少額の金なら出してもいい。

グリフィンの目的は、彼を破滅させることなのだから。

メイヤーにとって、グリフィンの申し出は、さぞかしありがたいことだろう。結果的に、シャーロットの評判は落ちてしまって、グリフィン以外に助けの手を差し伸べる男はいなかったからだ。

だからこそ、契約書を交わそうなどと言い出さないうちに、さっさと結婚するに限る。

グリフィンはやや冷ややかな態度をメイヤーに取る。シャーロットをどうしても花嫁にしたいという態度を出せば、彼はそれにつけ込んでくるだろう。

「あなたのお嬢さんは、あまり私との結婚を喜んではいないようだ」

メイヤーは顔をしかめて、シャーロットを咎《とが》めるような目つきをした。が、すぐにグリフィンには笑顔を見せてくる。

「この娘は内気なもので、嬉しいという気持ちをあまり外には出さないのですよ。もちろん、嬉しいに決まっています。伯爵のような方が、もらってくださるのだから、なんの不満があるでしょう」

メイヤーは揉《も》み手でもしかねないくらい、へりくだっていた。

「私は婚約だのなんだのと、あまり時間を置くのは好きではないんです。結婚特別許可証をもらって、一週間で簡単な式を挙げたいと思いますが……」

メイヤーの目がきらりと光った。一週間で結婚するとなると、自分にも早く金が回ってくると思っているのだ。娘の持参金も用意していないくせに、その結婚相手には金を求めるとは、なんて強欲なのだろう。

だが、こんな男だからこそ、自分はなんの罪悪感も持たずに叩き潰すことができるということだ。

「一週間……」

隣でシャーロットが呟《つぶや》いた。

彼女は私と結婚するのが嫌なのだろうか。けれども、彼女に残された道はこれしかない。少なくとも、私なら、彼女に何不自由ない暮らしをさせてやれる。しかも、私が彼女に望むことは、子を産み、弟妹に対して優しく接していたように育ててくれることだけだ。

二人のベッドの相性がいいことはもう判っている。愛情なんて、目に見えない不確かなものを望んでいるわけではないから、彼女はただ伯爵夫人としての義務を全《まっと》うしてくれればそれでいい。

しかし、そのことは結婚後に話すことだ。

今はまだ……。

グリフィンは自分の計画を悟られないように、優しげな仮面をかぶるだけだ。だから、シャーロットの肩を抱いて、そっと囁《ささや》いた。

「君を妻にするのが待ちきれないよ」

シャーロットは神経質な笑みをその顔に浮かべた。

第四章 再びの裏切り

結婚式は町の小さな教会で行われた。

シャーロットは手持ちの白いドレスに少し手を加えて、花嫁となった。ベールだけは新しいものだ。


立ち会ったのは、シャーロットの家族のみだった。グリフィンには近しい親族がいないらしく、誰も来なかった。結婚式に呼ぶ友人さえ、彼にはいないのだろうか。

なんとも言えないほど簡素な式だったが、この間まで社交界の住人すべてに背を向けられていたことを思うと、結婚できただけよかったと言うべきだろう。

だからといって、グリフィンが救いの手を差し伸べてくれたことに、それほど感謝しているというわけではない。

彼は一度、シャーロットを見捨てた。というより、彼は元々、シャーロットを弄《もてあそ》ぶつもりで、正体を隠し、騙《だま》していたのだ。それがどうして急に結婚の約束を守る気になったのかは、判らない。

もう……どうでもいい。

シャーロットは祭壇《さいだん》の前に立ったとき、グリフィンの横顔をちらりと見た。完璧《かんぺき》な横顔だ。あまりにも整った顔の持ち主で、うっとりしてくる。けれども、夫は人形ではない。シャーロットの自由を奪うかもしれない夫だ。

彼のことはあまりよく知らない。かつて知っていると思っていたが、思い返してみると、彼は自分自身のことはあまり口にしなかった。その代わり、自分のほうは彼にたくさん話していた。

彼は簡単にわたしを手玉に取った。それを思うと、彼のことが信用できなくて当たり前だった。

だが、結婚によって、自分の罪が許されたのだ。純潔を失った相手が夫ということなら、多少の時間の違いはどうでもいい。

そう。これでいいのよ……。

シャーロットはそう思いながらも、どこか割り切れない思いがあった。

結婚の儀式は進んでいき、互いに誓いの言葉を口にする。

「花嫁にキスを」

司祭に促され、グリフィンはシャーロットの頰《ほお》を両手で包み、口づけをした。

久しぶりのキスに、シャーロットは幻惑されそうだった。これが本当の愛情から施《ほどこ》されたキスのような気がしたのだ。

しかし、これは気のせいだ。彼は自分を愛してなんかいない。愛を信じてはいけない。

シャーロットはキスの間、ずっとそんなことを考えていた。司祭の咳払《せきばら》いが聞こえ、シャーロットは自分達がやけに長いキスをしていたことに気がついた。

まるで、熱烈に愛し合って、結婚するようなカップルであるかのように。

真実からはまったく遠い。結婚式が終わり、別室で、シャーロットとグリフィンはそれぞれ教会の登録簿にサインをした。

これで、二人は法律的に夫婦となったのだ。

シャーロットはほっとした。正直なところ、正式に婚約を交わした後も、彼がまたどこかへ行方《ゆくえ》をくらますのではないかと恐れていたのだ。だが、彼はもうそんな気はなかったのだろう。

よかった……!

結婚というものがどんなものなのか、シャーロットは今のところよく判らない。産みの母が元気な頃のことはよく覚えていないので、父とどんな結婚生活を送っていたのか判《わか》らない。継《まま》母《はは》のロレインと父もそれほど仲がよかったわけではなかった。父はいつも独善的で、家庭のことなどどうでもいいようだった。ただ、仕事だけが大事で、その仕事も金儲《かねもう》けが目的だった。

ともかく、結婚すれば、自分の立場が安定する。もう、父の言うことに従わなくてはならない娘ではないのだ。ただし、結婚後は夫に従わなくてはならないという。グリフィンがどういう夫になるかは、まだ判らなかった。

お父様のような横暴な夫にならなければいいけど……。

二人の間にはすでに溝《みぞ》がある。恋人として付き合っていたあの頃に、こうして結婚できていたとしたら、シャーロットは喜んで彼の言いなりになっていただろう。彼が大好きだったし、彼のことをまるで知らないくせに、信用だけはしていたのだ。

結婚式が終わった後は披露宴も行われなかった。ともあれ、シャーロットはグリフィンの屋敷に連れていかれた。

ここを訪れたのはガーデンパーティー以来で、これから自分がこの屋敷の女主人となると言われても、なんだかピンとこない。伯爵夫人となったことに対しても、まだ現実感がなかった。ましてや、グリフィンの妻になったことも。

シャーロットは屋敷で働く使用人に紹介された。

「ご結婚おめでとうございます」

家政婦にお祝いの言葉を言われて、シャーロットは初めて結婚を祝われたことに気がついた。自分の家族とろくに言葉を交わすことなく、ここに連れてこられてしまったからだ。

こんなにコソコソと結婚しなければならなかったなんて……。

確かに、自分と彼は間違いを犯した。結婚前に、身体を重ねてしまったからだ。けれども、自分はすでにスキャンダルの的《まと》になり、グリフィンのほうは誰にもその相手だとは知られていない。

だったら、どうしてここまで適当な結婚式をしなければならなかったの？

彼はあのガーデンパーティーで、シャーロットを婚約者だと紹介し、名誉を取り戻してくれたかのように思えた。しかし、こんな慌ただしい結婚をするなら、あの噂《うわさ》も嘘ではなかったのかと思われるだけだ。

シャーロットは自分がとても軽んじられているような気がしてならなかった。つまり、ちゃんとした結婚式を挙げるまでもない相手と思われているということだ。

そう考えて、自分がとても落ち込んでいることに気づいた。グリフィンにはもうなんの期待もしないつもりだったのに。

彼は信用できない。夫となった今も。

結婚したのも、彼が強要したからに過ぎない。家族を救いたいなら、結婚しろと脅迫《きょうはく》したのだ。

シャーロットは家政婦にお礼を言いながらも、今になって、自分が結婚したという事実を認めたくなくなっていた。自分が好きだったグリフィンと、フォーラン伯爵は違う人間だ。あの宿屋でプロポーズされ、夢見心地で承諾《しょうだく》した相手は、もうこの世にいないのも同然だった。騙《だま》され、裏切られたことを、シャーロットはどうしてもまだ許せなかった。何かの理由があるにしても、その理由を言わないのだ。シャーロットにしてみれば、そんな理由はないのと同じことだ。

「さあ、君の部屋に案内しよう」

グリフィンに腕を取られて、シャーロットは我に返った。

階段を上り、女性らしい落ち着いた内装の部屋へと案内され、シャーロットは部屋を見回した。居間と寝室に分かれていて、衣装部屋と洗面室がついている。だが、シャーロットの荷物はまだほとんど荷解《にほど》きされておらず、トランクに詰まったままだった。

「シャーロット……」

グリフィンはシャーロットのベールに手をかけて、取り去った。自分はまだ結婚式のときのドレスのままだ。

婚礼用に誂《あつら》えたドレスではなく、単なる上等なドレスだ。それに目をやったとき、シャーロットは間に合わせのような結婚式を挙げたことをまた思い出した。

シャーロットは子供のときから結婚式にはそれなりの夢があった。白い馬車に乗って、教会をたくさんの花で飾り、薔薇《ばら》の花弁を敷き詰めたバージンロードの上を歩くのは、十八歳になった今ではやり過ぎだと判っている。けれども、せめて、ごく普通の結婚式を挙げたかった。

婚礼衣装を新調し、いろんな準備に心を弾ませたかった。結婚式の後は、披露宴を開きたかった。せめて親族との会食くらい許してほしかった。しかし、すべてのことを、グリフィンが決めたのだ。そして、彼はそんな大げさなことをするつもりはないと言ったのだ。

あんなスキャンダルさえなければ、わたしはもう少しましな式を挙げられたはずだわ。

そう思うと、グリフィンが憎らしくて仕方がなかった。

貧乏貴族だと思っていたときのグリフィンとなら、駆け落ちする覚悟があった。それこそ、牧師と立会人がいるだけの結婚式だって構わなかった。

シャーロットは泣きたくなってきた。どうして、こんな惨《みじ》めな結婚を強要されなくてはならなかったのだろう。

「旅行用のドレスに着替えるんだ。食事をしたら、すぐに出かけることになるから」

「え……」

グリフィンが何を言っているのか、よく判らなかった。屋敷に着いて、今日からここで暮らすのだと思っていたのに、旅行用のドレスということは、どこかに行くつもりなのだろうか。

「どこへ行くの？　わたし、そんな話は聞いてないわ」

「君は黙って、私の言うとおりにすればいいんだ」

妻は夫に従えということなのか。シャーロットはグリフィンがそんな考えの持ち主だとは思ってなかったから、驚いた。

しかし、彼はもう自分が好きだったグリフィンとは違う。そもそも、恋人として付き合っていた頃の彼が、偽物《にせもの》だったのだ。紳士のふりをしていただけだったのだろう。つまり、これが彼の本当の姿だ。

傲慢《ごうまん》で、自分勝手で、独善的で。

「判ったわ。小間使いを呼んでくださる？」

シャーロットはツンと顎《あご》を反らして、彼に背を向けた。こんな態度はよくないと判っている。ますます二人の間の溝《みぞ》を深めるだけだ。けれども、どうしても止められなかった。それくらい、勝手になんでも決められた上に命令されて、悔しくてたまらなかったのだ。

わたしはこんな嫌な人間じゃなかったのに……。

でも、彼もそうよ。わたしが知っていた彼は、こんな人じゃなかった。優しくて、子供好きで、笑顔が素敵な人だった。

不意に涙が込み上げてきたが、まばたきをして涙を散らす。

「シャーロット……」

グリフィンに肩を摑《つか》まれたかと思うと、彼の腕の中に抱き込まれていた。唇を奪われ、息もつけないほどの激しい口づけをされる。

束の間、シャーロットはまだ何も知らずにグリフィンとピクニックに行った頃の自分に戻っていた。

初めてキスされたときのこと。それから、あのベッドで、彼は何度も優しくキスをしてくれた。

あのとき、わたしは彼に愛されていると思っていた。彼の気持ちを疑ったことなんて、一度もなかったのに。

あのときの温かな気持ちと、今となっては後悔するしかない気持ちが交互に心を支配し、シャーロットは口づけを受けながら混乱していた。

わたしはまだ彼のことが好きなのかもしれない。

そんなふうに思いたくないのに、キスをされただけで、心が乱される。あのときのように、彼がまた優しくしてくれたら、自分の気持ちはまた燃え上がってしまうだろう。

気がつくと、シャーロットはキスを返していた。自分から舌を絡めて、彼にもこんな自分の気持ちを判ってもらいたかった。だが、唇は無情にも離される。

グリフィンはシャーロットの頬《ほお》に手を当てた。我慢していたはずの涙が頬に流れている。彼はシャーロットの顔をじっと見つめた。罪悪感を覚えているような表情だったが、すぐにそれは無表情になる。

そして、彼はシャーロットに背を向けた。

「小間使いを寄越そう。着替えたら、食堂に来るように」

突然、キスされたかと思えば、今度は突然、突き放される。シャーロットは当惑しながら、部屋を去っていく彼の後ろ姿を見ていた。

彼の手が触れていたところに、自分で触れてみる。今のキスにはどんな意味があったのだろう。いや、きっと意味などないのだ。教会でキスしたのと変わらない。

胸が苦しくてならない。どうして、彼とこんな結婚をしなければならなかったのだろう。

シャーロットは涙を指先で拭《ぬぐ》い、唇を引き結んだ。

馬車の中で、シャーロットもグリフィンもほとんど話をしなかった。

わたし達は新婚夫婦なのに、不思議なものね。

そう思いながらも、結婚なんて本当に愛し合った二人がするものだとは限らない。特に、上流社会では、そうでない場合が多いという。父親が決めた相手との結婚や、金銭的な都合での結婚なんて、ざらにあることだ。

だから、自分達の結婚が特にめずらしいケースではないはずだ。シャーロットにとって、これは家族を救うための結婚だ。しかし、グリフィンにとって、この結婚に何か意味があるのだろうか。

彼は自分なりの理由があるのだと言った。

それが、愛情だったらいいのに……。

だが、そうではないだろう。彼はわざとシャーロットを騙《だま》したのだ。それなのに、愛情などあるわけがない。自分を愛していたなら、あんな真似《まね》はできないはずだ。

それとも、捨てた後で、良心が疼《うず》いたとか……？

シャーロットは馬車の窓から外を眺めながら、肩をすくめた。そんなことを考えるのは愚か者のすることだ。彼に隙《すき》を見せてはいけない。優しいように見えても、冷酷《れいこく》な男だ。それを忘れて、信じてしまったら、また傷つけられるだけだ。

それにしても、どこへ向かっているのだろう。彼の領地のひとつだろうか。訊いたところで、答えてくれないに決まっている。

シャーロットは退屈のあまり、あくびをして目を閉じた。朝早くから結婚式の準備に忙しかったから、疲れたのだろう。昨夜もいろいろ思い悩んで、あまり眠れなかったことを思い出した。

いっそ眠ってしまえば、彼の気持ちだの目的だのということを考えずに済む。グリフィンの言動は、シャーロットには納得できないことばかりだった。結局のところ、自分は父の選んだ相手と結婚することになった。グリフィンと駆け落ちすることまで考えていたのだから、今になってみれば、馬鹿みたいとしか言えない。

しばらくして、声をかけられた。

「シャーロット……着いたよ。起きなさい」

はっとして目を開けると、シャーロットはグリフィンの肩にもたれかかっていた。どうやら、眠っているうちに、もたれていたらしい。

慌てて身体を起こした。馬車の中にはランプがついていたが、辺りはもう暗い。一体、どのくらい眠っていたのか、シャーロットは判らなかった。

「ここは……どこ？」

「私の別荘だ」

「別荘……？　ここで何か用事があるの？」

グリフィンはふっと笑った。

「ハネムーンに決まっているじゃないか」

思わぬことを言われて、シャーロットは目を丸くした。彼が本気で言っているとは思えなかったからだ。あんなお粗末《そまつ》な結婚式をした上に、披露宴もしなかった。それなのに、ハネムーンだけは行うというのだろうか。

彼は一体、何を考えているのだろう。

これも何かの策略なのだろうか。疑り深いのかもしれないが、今までされたことを考えるとシャーロットは信じられなかった。本気でハネムーンだと信じていたら、また自分が愚か者になるような気がする。

グリフィンは先に馬車を降り、それからシャーロットに手を貸してくれた。別荘がどんな建物なのか、暗くてよく見えないが、趣《おもむき》のある古い館のように見えた。ロンドンの屋敷より小さく、こぢんまりとしていて、ここに住み込み、働いている使用人も少なかった。

執事と家政婦は初老の夫婦で、とても温かみのある人達だった。料理人が心づくしのお祝いの料理を用意してくれていて、二人とも、旅の汚れを落とした後、食堂で夕食を摂《と》った。

そういえば、わたしとグリフィンは、今日、結婚したんだわ。

思えば、慌ただしい一日だった。結婚式を挙げたかと思えば、馬車に乗って、別荘まで連れてこられてしまったのだ。

食事が終わり、グリフィンは書斎でしばらくウィスキーを飲むと言い、シャーロットは一人で寝室へと向かった。

ロンドンの屋敷では、自分の部屋というものがあったが、この別荘の寝室は夫婦で使うものだった。衣装部屋は共有ではなく、二つあるのだが、寝室は大きな四柱式のベッドがあり、二人で寝るようになっている。

そういえば、今夜は初夜ということになる。もう、すでにグリフィンには純潔を捧げているので、今更、初夜というのもおかしいかもしれないが、シャーロットは何故だか緊張していた。

あの宿屋で抱かれたときのシャーロットはグリフィンに夢中だった。欲望に流されたとはいえ、あのときのシャーロットは彼に抱かれても、後悔しないつもりだったのだ。

たとえ未婚のままであったとしても、彼を信じていたから。

今は夫婦となっている。だから、彼のものになるのに大して勇気が必要ではないはずだった。しかし、現実には、シャーロットはとても緊張していた。できれば、彼がこのまま寝室に入ってこなければいいと思っている。

あれほど夢中だったグリフィンを、今は信じることができない。自分の身体を委《ゆだ》ねることができないのだ。

メイドに寝支度《ねじたく》を手伝ってもらい、ナイトドレスに着替える。メイドが去ると、化粧台《けしょうだい》の前に座るシャーロットは、広い寝室に一人で取り残され、途方に暮れた。

これからどうすればいいのだろう。グリフィンが来るのを待たなくてはならないのだろうか。

いっそ、先にベッドに入って、寝てしまえばいい。そうすれば、彼も手を出そうとはしないかもしれない。

だが、そんなことをして、なんの意味があるだろう。結婚したら、夫とベッドを共にするのは、妻の義務みたいなものだ。

そんなことを考えていると、不意に扉が開いて、シャーロットは飛び上がった。大げさに驚いてしまった自分を、グリフィンは無表情に見つめてきた。

「あ、あの……わたし……」

膝の上に置いた手が震えている。それを止めようとして、ナイトドレスをギュっと摑《つか》んだ。

「そんなに緊張する必要はないだろう？　私達が抱き合うのは初めてじゃないんだから」

それは判っている。判り過ぎるほど判っている。けれども、そのことをわざわざ口に出してほしくなかった。

彼は近づいてくると、シャーロットを立たせた。そして、正面からギュッと抱き締めてくる。彼の温もりがナイトドレスを通して、感じられる。シャーロットは彼の腕の力強さにうっとりしてきて、彼を信用できないと思っていたことを忘れかけていた。

それどころか、彼と一緒にいて楽しかったことや、ときめいたことなどが頭に甦《よみがえ》ってきて、彼を好きになっていた頃に戻ってしまう。

彼はわたしに残酷《ざんこく》な仕打ちをしたのよ！

そう思ってみても、彼を恨んだり、憎んだりするより、彼の腕の中で安らぎたい気持ちのほうが強くなってくる。

自分は誘惑に弱いのかもしれない。それとも、彼に弱いのだろうか。

しかし、もう結婚して、夫婦となったのだ。夫婦はベッドを共にすべきだ。それが義務なのだから、それなら彼を受け入れるのは間違いではないはずだ。

彼がどういう理由で、身分や立場を隠し、自分を誘惑し、スキャンダルの矢面《やおもて》に立たせたのかは判らない。けれども、結婚したことで、すべてが帳消しになったとも言える。だとしたら、彼を受け入れるべきだろう。

これが夫婦のあるべき姿だからだ。

彼はそっとシャーロットの顎を持ち上げて、キスをしてきた。

甘くついばむようなキスをされるとは思わなかった。とても可愛《かわい》いキスで、シャーロットの気持ちは和《なご》んできた。何度も小さな音を立ててキスをされた後、今度は深く口づけをされる。

眩暈《めまい》のような感覚が、シャーロットを襲《おそ》う。

やはり、彼が好きなのだ。彼のことが愛しくてならない。どんなに彼がひどい人間なのか、考えようとしても、この胸に込み上げてくる感情にはかなわない。

シャーロットは彼のキスに応えずにはいられなかった。愚かだと判っていても、彼の腕に抱かれてキスされることが、最高の喜びに思えてくるのだ。

また、あのときのめくるめく快感を味わいたい。今になって、シャーロットはその考えが頭から離れなくなっていた。

でも……それのどこが悪いの？

悪くなんかないわ。だって、わたしは彼の花嫁だもの。初夜で、彼に抱かれる義務がある。そして、彼には花嫁を抱く権利がある。

心の問題はもういい。今はただ、欲望に従っていたい。

そして、グリフィンもきっと同じだろう。彼もまた初夜の務めを果たしたくて仕方がないのだ。

彼はシャーロットの身体を抱き上げると、ベッドへと連れていった。大きな四柱式のベッドの上掛けを剝《は》ぎ、シーツの上にシャーロットをそっと下ろした。

ふと、見上げると、彼の整った顔がこちらを見下ろしていた。その眼差《まなざ》しはとても優しそうに見えた。まるで、自分が夢中だったグリフィンの姿を見たような気がして、シャーロットは微笑《ほほえ》みかけた。

すると、彼は目を瞠《みは》り、それから蕩《とろ》けるような笑顔になった。

ああ……わたし……。

彼が好き。愛してる。

そんな想いが込み上げてきて、涙ぐんだ。早く抱き合いたくて、両手を招くように広げた。

彼は何も言わず、シャーロットの広げた腕の中に入ってきて、しっかりと抱き締めてくる。唇が重なり、まるで愛を確かめ合うかのように舌を絡め合った。

シャーロットは彼の首にしがみつきながらも、それだけでは物足りず、彼に胸を擦りつけ、腰を蠢《うごめ》かせた。

「……シャーロット！」

彼は呻《うめ》くように名を呼んだ。彼の股間《こかん》はもう硬くなっていて、こうして身体を密着させていると、隠しようがなかった。

「君は……」

「何？」

シャーロットは甘い声で尋ねた。これは誘惑というものかもしれない。自分の言動があまりに大胆《だいたん》で、驚いてしまう。

けれども、できるだけ早く彼に抱かれたかったのだ。早く彼のものにしてもらいたい。そんな想いで胸がいっぱいになってしまっている。

グリフィンはシャーロットの髪を撫《な》でつけると、クスッと笑った。

「君はもっと怖がるかと思っていたのに。もしくは、嫌がるのかと」

シャーロット自身もそう思っていた。いや、さっきまでそんな状態だった。だけど、彼に抱き締められて、キスされただけで変わってしまった。

彼がとても自分を欲しがっていると思うと、それだけで……。

宿屋で抱かれたときも、彼はとてもわたしが欲しくてたまらなかったのだ。ただ、何かの理由で、あんなひどい仕打ちをしたのではなく、欲望に突き動かされたのだと思えば、まだ許せる。

たとえ、それが愛情なんかではなく、ただの欲望に過ぎないとしても。

これほどの激しい欲望を示されたことが、シャーロットは嬉しかった。貪《むさぼ》るようなキスのほうが、冷たいキスよりずっといい。愛がないのなら、欲望で我慢すべきなのだ。それもないより、ずっといい。

そう。彼の関心を自分に引き留めておけるなら。

卑屈《ひくつ》かもしれないが、彼が自分を愛していないことはもう知っている。本当の恋人なら、あんな仕打ちをするはずがないのだから。

シャーロットはもう一度、自分の身体を彼に擦りつけるような仕草をした。

「ああ……シャーロット！　そんなことをされたら……」

グリフィンはシャーロットのナイトドレスを脱がせた。そうして、裸の胸にむしゃぶりついてきた。胸の蕾《つぼみ》を吸われて、シャーロットは仰《の》け反《ぞ》った。

「ああっ……」

彼は両手の全体で柔らかい乳房を揉《も》みしだき、その感触を確かめているようだった。そして、その頂《いただき》に改めてまた唇をつけ、舌を這わせる。

シャーロットは彼の愛撫《あいぶ》に敏感に反応して、身体をビクビクと震わせた。

「この間より……感じているようだ。何故だろう」

「わ……判らないわっ……」

最初のときより緊張が取れているせいかもしれない。やはり何も知らない頃とは違い、少しは手順を知っているからだろう。これから何をするかということも、よく知っている。以前は、ベッドで裸になること以外、まったく知らなかったのだ。

「君がこんなに胸が感じるなんて」

「あっ…あぁっ…あん……」

自分でも、たかが胸への愛撫ではないかと思う。だが、自分でもこの反応を止められなかった。恥ずかしくて、声を出したくないのに、どうしても出てしまうのだ。声を我慢するのも難しい。そんなふうに考えている間にも、シャーロットの身体は快感に揺れていた。

グリフィンはやがてキスを下のほうへと移動させていく。お腹にも、それから腰や太腿《ふともも》にも、何ヵ所にわたってキスをした。

一番触れてほしい場所のことは知っているくせに。

シャーロットはそう思いながら、腰をくねらせた。彼はそれを見て、小さな笑い声を上げた。

「触れてほしいなら、脚を広げるんだ」

一瞬、冗談かと思ったが、そうではないようだった。彼は確かにシャーロットが脚を広げるのを待っているようだった。そうしないと、触れないつもりでいるらしい。

「そんなの……いやっ」

「嫌じゃないさ。もう、経験済みのことだ。私にすべてを見せてくれただろう？」

だが、あのときは自分から見せたりはしなかった。彼が勝手に開いていって、痺《しび》れるような快感を教えてくれた。

彼にじっと見られて、シャーロットはまたあのときの快感を味わいたくなってきた。そうするためには、彼の要求を呑《の》まなくてはならない。

シャーロットは意を決して恐る恐る開いていく。グリフィンはそれをじっと黙って、見物していた。

「こ……これでいい？」

シャーロットは彼に尋ねた。彼は厳しい表情でそれを見守っている。

「もっとだ」

「えっ……そんな」

「もっと開かないと、何もできない。花嫁なら、夫を信頼するんだな」

シャーロットは唇を噛《か》んだ。二人の間に信頼はないのに、どうしてそんなことを言うのだろう。

とにかく、彼は脚を開いてほしいのだ。それが信頼の証《あかし》だと思い込んでいる。実際には、それとこれとは違うと、シャーロットは思うのだが。

「こう……？」

泣きたい気分で、ぐっと脚を開いてみせた。すると、グリフィンは頷《うなず》くと、シャーロットの両脚を更に押し上げた。

「いやっ……やめて」

小さく悲鳴のような声を上げると、彼はふっと笑った。そして、両脚の間に顔を埋めていく。

「やあ……あっ…あ」

秘裂《ひれつ》に舌を這《は》わされて、シャーロットの身体は快感に震えた。頭も振ってしまって、長い髪がシーツに当たって、乾いた音を立てる。

彼は強い力でシャーロットの両脚を押さえている。舌で敏感な部分を愛撫されると、その部分が熱く痺《しび》れたようになってきた。もう、羞恥心《しゅうち》なんてどこかに消えてしまっている。ただ、彼の愛撫を受け入れたくて、腰を蠢かせる。やがて、彼がもう脚を押さえつける必要もなくなっていた。

彼は指を秘部に挿入してきた。

「はぁ……ぁ…」

自分の内部が彼の指を易々《やすやす》と受け入れている。彼はその指をそっと動かしていく。

ああ、もっと……。

気持ちいいのに、それだけでは足りない。もっと確かなものを、奥まで挿入されたくて、たまらなかった。

あの宿屋での経験が、頭から離れない。あのときのように、自分を奥まで侵してほしかった。

シャーロットは腰を突き上げたが、それでもまだ足りない。もどかしくて、仕方がなかった。

あと少しの刺激が足りない。もっと奥まで貫いてほしい。

「ああ……お願いっ」

シャーロットは頬《ほお》を染めながら、彼に欲しいものをねだった。

「……して」

「どうしてほしいんだ？」

彼の声が上擦っている。自分だけがこの行為に夢中だというわけではない。その事実に励《はげ》まされて、シャーロットはなんとか言葉を紡《つむ》いだ。

「な、中に……入ってきてほしいの……」

彼は指をぐっと中まで突き立てた。

「これでは足りない？」

「足りないわ！　足りないのよっ……」

恥ずかしいが、そう言わずにはいられなかった。

シャーロットが欲しいものは、ただひとつだった。彼自身が入ってきてくれることだった。彼への複雑な気持ちのことは、今は考えられない。とにかく、彼が欲しい。シャーロットの頭の中にあるのは、それだけだった。

「ああ……お願いっ……お願い！」

もう耐えられないと思ったそのときに、グリフィンは指を引き抜いた。そして、服も脱がずに、ズボンの前だけを開けた。彼も我慢の限界だったのだろうか。すぐさま、シャーロットの中へと入ってきた。

「あぁっ……！」

彼が入ってきた瞬間、シャーロットは仰け反るように背筋を反らした。

「……痛かったか？」

「いいえ……。そうじゃなくて……」

実際、痛くはなかった。痛いのは最初だけという話は、本当だったのだ。彼の猛《たけ》ったものが最奥《さいおう》に当たった瞬間、シャーロットは今まで感じたことのない快感を覚えた。

気持ちよすぎて、身体中がバラバラになってしまいそう。

シャーロットは彼の服にしがみついた。

こんな服なんかなければいいのに。

しかし、彼が少しの我慢もできない様子で自分の中に入ってきてくれたのは、やはり嬉しかった。この行為に彼も夢中になっているのだと、はっきり判ったからだ。

自分だけが裸にされて、辱《はずかし》めを受けているわけではなくて、彼はそれほど余裕があるわけではないのだと知ったから……。

グリフィンはゆっくりと動き始めた。

「あ……やっ…あっ……」

彼のものが奥に当たる度《たび》に、身体が過剰《かじょう》に反応してしまう。もう、たまらなかった。全身が彼を感じている。

無意識のうちに、自分の腰も動いていた。もっと深く彼を取り込みたい。もっと激しくしてほしい。

シャーロットは自分の欲望の激しさに驚いていた。

ああ、でも、これはただの欲望じゃないのよ……。

『彼』が欲しい。

相手がグリフィンでなければ、こんなにしがみついたりしない。こんなにキスをしたいと思わない。自分の奥まで入ってきてほしいなどと、絶対に思ったりしない。

どうして、わたしはこんな人を愛してるのかしら。

わたしを騙《だま》し、あんな目に遭《あ》わせた人なのに。

彼が何度も自分の中を行き来する度に、熱くなっていた身体は更に燃え上がった。

「も……ダメ」

彼がぐっと突き入れた瞬間、シャーロットは身体を強張《こわば》らせて、意識を半ば飛ばしていた。

鋭い快感が身体中を突き抜けていく。

シャーロットが快感に震えていた間、グリフィンも同じ状態だったらしい。身体の強張《こわば》りを解くと、彼はそっとキスをしてきた。

それはあまりにも優しいキスで……。

シャーロットは彼に愛されているような錯覚《さっかく》を覚えた。

そんなわけはないのに。

少しして、彼は身体を離した。もう終わりなのかと、シャーロットは溜息をつきそうになった。もっと彼と抱き合っていたかったからだ。

だが、彼は着ていた服をすべて脱ぎ捨てると、再び自分の上へと覆《おお》いかぶさってきた。

そして、目を見つめてきて、髪を撫でてくる。触れ合う肌が温かく、気持ちよくて、シャーロットは陶然《とうぜん》とした。

「シャーロット……」

彼はふっと微笑《ほほえ》むと、また優しくキスをしてきた。

別荘の傍には湖があり、ボートに乗ったり、釣りをしたり、湖の周囲の森を散歩したり、乗馬したりして、毎日を過ごした。

シャーロットはハネムーンというものがどういうものだか知らないが、以前のように優しくしてくれるグリフィンと、こうした遊びをすることは楽しかった。

ひょっとしたら、こちらのグリフィンのほうが本当のグリフィンなのではないかという気がした。いや、本当のことは、シャーロットには判らない。ただ、そうだったらいいのにと、自分が夢見ているだけのことなのかもしれない。

彼がいくら優しくても、かつて自分を騙したことには変わりはないし、自分達の結婚式があまりにもいい加減で、披露宴さえなかったことにも変わりはない。彼が本当に優しいなら、こんなことにはならなかった。彼はシャーロットにした仕打ちを、このハネムーンで埋め合わせているようにも思える。

とはいえ、彼が優しくないというわけではなかった。紳士的に、シャーロットをエスコートし、楽しく過ごさせてくれる。あちこちに行って、観光するようなハネムーンではないが、シャーロットにはそのほうがよかった。

実を言えば、自分は旅行などしたことがない。せいぜい、父の地所とロンドンの間を移動するくらいのものだ。旅行をしたことがないのだから、自分が知らない土地に行って楽しめるかどうかも判らなかった。だが、こうした日常での遊びは、何に気を遣うでもなく、自分が普通にしていられるから、シャーロットには合っていたかもしれない。

もっとも、グリフィンはいつもシャーロットに付き合って、遊んでばかりいたわけではなかった。ロンドンからやってきた客と話し込むこともあったし、秘書と書斎に籠《こも》っているときもある。

彼がただのグリフィンだったとき、シャーロットは彼のことを特に何もしていない貧乏貴族だと思っていた。しかし、実際には貴族でありながら、実業家の面も持っている。

実業家といったところが、シャーロットには父のことを思い起こさせた。父の仕事に関しては紡績工場を持っているということ以外は知らないが、父を非情だと悪く言う人がいることは知っている。その父がグリフィンには一目置いているところを見ると、二人の間には共通点があるのではないかとも思ってしまう。

どちらにしても、本当のグリフィンがどういう人間なのか、シャーロットには今も判らないでいる。夜ごと、身体を重ねて、同じベッドで寝ていても、彼は自分の本当の姿を見せていないのではないだろうか。

そして、瞬く間に二週間が過ぎた。

ある夜、シャーロットは寝支度《ねじたく》を終えて、ベッドに入ってグリフィンを待っていた。扉が開いて、彼が入ってきたが、そこで立ち止まった。

「客が来たから、今夜は先に眠っていてくれないか」

「え……ええ」

こんなに夜遅くに来客ですって？

シャーロットは戸惑ったが、頷《うなず》いた。きっと、仕事で急を要することができたのだろう。こんな夜中に訪ねてくる客だから、よほどのことに違いない。

グリフィンが扉を閉めた後、シャーロットは本を閉じて、ランプを消した。ベッドに横になったものの、なんだか物足りない。グリフィンが横にいることが、もう当たり前になっていたのだ。

互いに心を開いているとは言えない間柄だが、身体が彼に馴染《なじ》んでしまっている。こうしてみると、やはり結婚したことは正しかったのかもしれない。彼は愛してくれなくても、一緒に暮らしていれば、ちゃんとした気遣いはしてくれる。毎日、抱いてくれて、同じベッドで眠り、目覚めている。こうした穏やかな暮らしがずっと続けばいいと思うくらいだ。

愛してほしいなんて、高望みをしても仕方がないから。

彼のうっとりするようなキスを思い出して、シャーロットは本物の彼のキスが欲しくなってきた。もう眠らなくてはと思うものの、彼がベッドに入るまで、起きて待っていてもいいじゃないかとも思う。

少し離れただけで、彼が恋しい。抱いてくれなくてもいいから、彼の温もりを感じながら眠りたかった。

彼は……まだ客と話し込んでいるのかしら。

シャーロットはむくりと起き上がった。ガウンを羽織《はお》り、サッシュを締める。こんな格好で、もちろん客には会えないが、客がまだいるかどうか様子を窺《うかが》うくらいは大丈夫だろう。

そんなことを考えながら、シャーロットは寝室を出て、暗い廊下を歩き、階段に近づこうとした。

そのとき、バタンと扉が乱暴に開く音がした。

「……さあ！　もうここにいたところで、私が気を変えることはない。出ていってもらおうか」

グリフィンの冷たい声が聞こえてきて、シャーロットは背筋がゾクリとした。

一体、何があったの？

彼がここまで凍りつくような声を出しているところを聞いたことはない。誰を相手に話しているのだろう。仕事の取引相手だろうか。

仕事なら、場合によっては非情にならざるを得ないこともあるかもしれない。そう思いつつも、シャーロットはショックを受けていた。自分の愛する人が、時には冷酷《れいこく》な男だということを認めたくなかったからだ。

いや、自分への仕打ちを考えたら、そんなこともあり得る。ここでののんびりとした暮らしを満喫《まんきつ》している間に、自分の気持ちはすっかり緩《ゆる》んでいたのかもしれない。あんなひどいことをされたのに、すっかり忘れて、グリフィンを恋しく思っていたなんて。

「最初から……騙《だま》すつもりだったんだな！　フォーラン！」

客と思《おぼ》しき男の声を聞いて、シャーロットはゾッとした。それはまさしく、自分の父親の声だったからだ。

シャーロットは廊下《ろうか》に立ちすくんだ。胸に手を当てて、小さく喘《あえ》いでしまう。

「嘘……。嘘よ。グリフィンが……お父様を？」

なおも、父の声は続いていた。

「結婚を認めたときの約束を守るつもりがないのなら、シャーロットを連れて帰る……シャーロット！　どこにいるんだ！　出てこい！」

「無駄だ。彼女は私の妻だ。法律的に私のもので、あなたの自由にはもうならない」

不意に、父の声の調子が変わり、グリフィンに慈悲《じひ》を請うような口調になった。

「頼む……。せめて、あと少しだけ金を出してくれ。このままだと、私だけでなく、妻も子供も放り出されることになる。君は自分の妻の家族をそんな目に遭《あ》わせるつもりなのか？」

グリフィンは父の哀願を鼻で笑った。

「あなたは私の母を殺した」

シャーロットは息を呑《の》んだ。

父が彼の母親を殺した？

そんなまさか！

お父様は人殺しなんかじゃないわ！

シャーロットは階段に駆け寄ろうとして、足を止めた。

「私は知らなかったんだ！　まさか、自分の工場で働く女が元伯爵夫人だったなんて！　それに、殺すつもりもなかった。ただ……」

「ただ、無理に働かせただけだ、と？」

「無理なんかじゃない。あれくらいの労働は、工場では当たり前だ。どこの工場でも同じことをやっている。私の責任なんかじゃない！」

「だからといって、事実は何も変わらない。母は死んだ。それを、私は許しはしない」

二人の間に沈黙が横たわった。シャーロットはドキドキしながらも、その続きを聞きたかった。父の工場で、どういうわけか、グリフィンの母親が働いていたのだ。そして、彼女はそこで亡くなったのだろう。その責任を、グリフィンはシャーロットの父親に取らせようとしている。

それは事実なの？

だが、事実でなければ、父はもっとグリフィンに言い訳をしていたはずだ。父はそれ以上のことを言えなかったのだから、事実なのだ。

信じられない。わたしは何も知らなかった。父の工場で誰かが亡くなったことも、それがグリフィンの母親であることも。

この結婚の目的が、シャーロットにもなんとなく判ってきた。

結婚どころか、自分を騙し、ひどい目に遭わせた理由も。

彼が目論《もくろ》んでいたのは復讐《ふくしゅう》だ……！

シャーロットはひどい眩暈《めまい》がして、壁に寄り掛かった。もう少し前に出れば、玄関ホールにいる父の姿が階段から見えるかもしれない。しかし、今はそんなことをする気もなかった。

身体に力が入らない。こんなことは現実とは思えない。ただの悪夢だ。

ああ、でも……。

やはり間違いなく現実だ。彼がどうして自分を騙したのか、そして、どうして結婚する気になったのか、理由が判らなかった。だが、復讐のためだというなら、彼の今までの言動の意味が判る。

彼はシャーロットと結婚する代わりに、父に借金の清算の約束をした。しかし、今になって、その約束を反故《ほご》にしようとしている。父に望みを抱かせておいて、最後の最後で裏切るつもりだったのだ。

シャーロットは父がそこまで借金に困っているとは、最近まで知らなかった。だが、グリフィンはもっと前から知っていたのだろう。シャーロットに近寄り、騙し、スキャンダルに塗《まみ》れさせたのも、他の資産家と結婚させるわけにはいかなかったからだ。

そんなはずはないと思いたかった。自分が結婚した相手が、愛した相手がそんなひどいことを考えていたとは、思いたくなかった。

グリフィンに自分の想像を否定してもらいたかった。それは妄想《もうそう》だと笑ってほしい。

でも……。

シャーロットは父が口汚くグリフィンを罵《ののし》るのを聞いていた。聞くに堪《た》えないことばかりで、耳を塞ぎたかった。だが、ブルブル震えながらも、シャーロットはそれをすべて聞いた。

父は玄関から出ていく前に、最後の捨て台詞《ぜりふ》を吐いた。

「家族を路頭に迷わせるような男と結婚したシャーロットは、不幸になるしかないな！」

「そうかもしれないな」

グリフィンはあっさりとそう言って、扉を閉めた。父がその扉を腹立ちまぎれに蹴《け》った音がしたが、それからしばらくして、馬車が遠ざかる音が聞こえてきた。

シャーロットはそこに立ち尽くしていたが、なんとか震える脚を動かして、前へと進んだ。階段の上から見下ろすと、玄関ホールにグリフィンがまだ立っているのが見えた。執事と話していたが、それが終わると振り返る。

彼の目が階段の上に立つシャーロットを捉えた。はっとしたような顔をしたが、すぐに彼は仮面をかぶったように無表情になる。そして、まっすぐこちらへ向かって、進んできた。

「……聞いたのか？」

彼の声はとても冷ややかに聞こえた。

シャーロットは頷《うなず》いた。

この結婚は、彼にとって、ただの復讐の道具に過ぎなかったのだろうか。だが、そんなことは信じたくない。この別荘で過ごすうちに、やっと少しは彼との関係がよくなってきたような気がしていたのに、それは全部、幻想だったなんて。

「あなたは父の借金を清算する約束をしていたんじゃなかったの？」

シャーロットの声は何故だかとてもしわがれていて、咳払いをした。彼は眉をひそめて、シャーロットの肩に手をかける。

「その話はもっと落ち着く場所でしよう」

彼はシャーロットを寝室へと連れていった。ベッドを置いてあるような場所が、こんな話をするのにふさわしいとは思わないが、廊下で話すよりはましだろう。

シャーロットはベッドをちらりと見て、ソファに腰を下ろした。だが、グリフィンは立ったままだった。この二週間ほど自分に見せていた優しい表情は、今はどこにもなかった。

結局、あれも演技だったのかしら。だとしたら、わたしはまた騙されていたということなの？

シャーロットは大きく息をつき、それから尋ねた。

「それで？　どうなの？　あなたは父に約束……」

「君のお父さんが望んでいたのは、借金を清算するための金だ」

「父はそのお金がどうしても必要だったのよ……」

そのために、父はグリフィンと自分を結婚させたかったのだ。その話し合いは二人の間でついていると思っていたのに、そうではなかったのだろうか。

「そう。君のお父さんは事業を広げようとして、失敗してしまった。工場は人手に渡る寸前で、借金塗《まみ》れで、それが清算できないなら、すべてを失うことになる」

グリフィンは硬い表情で淡々と説明した。彼はそれを知っていて、父への支払いを拒否したのだ。そして、父を無情にも追い出した。

そんな……信じられない。何もかも信じられない。

わたしは、彼にとってなんだったの？　この二週間、二人はそれなりに楽しい日々を過ごしていたはずなのに。

シャーロットは頭が痺れてきて、上手くものが考えられなかった。

「あなたは……お金を出すという約束で、わたしとの結婚の許可を求めたんでしょう？」

「確かに。しかし、私は約束を果たした。金はいくらか払ったさ。すべての借金の清算をするなんて約束は、最初からしていない。君のお父さんはそう思っていたらしいが」

彼は唇を歪めて笑った。

シャーロットは自分の父が横暴な性格で、家族をろくに顧《かえり》みず、金儲けばかりに関心がある人間だということは知っていた。けれども、そこまで他人に憎まれているとは思っていなかった。

シャーロットは恐る恐る尋ねた。

「あなたのお母さんを、父が殺したって……本当なの？」

グリフィンは暗い目をして頷《うなず》いた。

「私の父は疑り深い性格だった。私がまだ子供の頃、父は母が浮気していると決めつけて、離婚して、追い出したんだ。母は実家に帰ったが、祖父に受け入れてもらえず、生きていくために、その近くにあった紡績《ぼうせき》工場で働き始めた」

「父の……工場なの？」

シャーロットが生まれ育った屋敷、メイヤー邸もまたその近くにあった。グリフィンの母親なら伯爵夫人だった人だ。きっと生まれも育ちも上流階級の女性だろう。それなのに、紡績工場で働くなんて、ずいぶん無茶な話だ。

「紡績工場がどんなところか知っているか？　いや、他の工場のことは、私も知らない。だが、君のお父さんの工場では、工員を少ない賃金で長時間働かせていた。母のように住む場所もない工員には、住まいが与えられたが、衛生的にもよくない環境で、狭くて寒くてみすぼらしい家に何人も押し込められたんだ」

「わたし……工場がそんなところなんて全然知らなかった……」

シャーロットは自分の父がそんなふうに人を働かせていたなんて、想像したこともなかった。

父の仕事のことなど、関心がなかったのだ。自分達はただ父に従い、父が稼《かせ》ぐお金で、いい暮らしをしていた。そのお金がどんなふうに稼いだものかなんて、知らなかったのだ。

「そうだろうな。君が知っていたはずがない」

グリフィンは乾いた声でそう言い、話を続けた。

「母から来た手紙で、居所を知り、私は大人になったら絶対に母を迎えにいくと心に誓った。だが、母はそんな劣悪な環境で生き抜くほど、身体が強くなかったんだ。一年ももたなかった」

「そんな……」

「母が死んだ後、実家に知らせがあったらしい。祖父は仕方なく遺体を引き取って、墓地に埋めた。私は母の死の知らせを受けたが、墓参りに行くことすら、父は認めなかった。私が母の墓を訪ねることができたのは、成人してからだ」

それはあまりにも悲惨な話だ。当時、グリフィンは子供で、どうすることもできなかったのだろう。そのときの悲しみを今も引きずっていたとしても、おかしくはなかった。

「あなたが父を憎む理由は判ったわ。でも……あなたのお母さんを殺したのは、私の父だけじゃないと思うわ……」

そう言った途端、グリフィンの目がスッと細められた。とても恐ろしい顔になってしまっていて、シャーロットは怖くなってくる。

「確かに。母の死に責任があるのは、他に私の父と祖父だ。だが、二人とも、もう病気で亡くなってしまっている」

つまり、後に残るのは、シャーロットの父だけだったのだ。

「君のお父さんが殺したのは、私の母だけじゃない。他に何人もの人が病気で亡くなっている。君はそれを知らなかったのか？」

シャーロットは責められて、うつむいた。

「わたし……何も……知らなかったわ」

グリフィンは馬鹿にしたように鼻で笑った。

「それで、私は君のお父さんに思い知らせてやろうと思い立ったんだ。彼のものは何もかも奪うつもりだ」

「何もかも……？」

「ああ。まず、手始めに君だ。愛する娘を奪った」

「わたし？　でも……父はわたしを愛してなんかいないわ」

シャーロットは自分の言葉に傷ついた。だが、本当のことだ。小さいときから、いてもいなくてもいいような存在だったような気がする。父の目に自分は映っていなかったようだし、父がいるときに大きな声を出したりすると、たちまち乳母に叱《しか》られたものだ。邪魔になるから、と。

弟妹についても、父は似たような態度だった。ただ、弟には少し興味があったようだ。シャーロットに興味を示したのは、つい最近のことだ。つまり、裕福な夫を捕まえることができるくらいの年齢になって、やっと父はシャーロットという娘がいることに、気がついたようだった。

メイヤー家の長女として、きちんとした躾《しつけ》と教育を受けられたことに対しては感謝している。あの無関心ぶりであれば、子供に乳母をつけたが最後、存在そのものを忘れてもおかしくはなかったからだ。

グリフィンはシャーロットの言葉に眉をひそめた。

「君のお父さんは、君が社交界にデビューしてからというもの、君の自慢をしない日はなかったそうだが。確かに裕福な男に君を嫁《とつ》がせようとしていたが、それでも娘を愛していないわけではないだろう」

シャーロットは首を横に振った。

「自慢していたのは、それこそ裕福な男に嫁がせるためよ。父はわたしが年頃になるまで無関心で、邪魔にすら思っていたはずなの。ほとんど声をかけてもらったこともないんだから」

「まさか……」

グリフィンはそれを聞いて、ショックを受けたような顔になった。

「わたしと結婚したことは、あなたにとって、なんの意味もなかったということだわ。もちろん、父を金銭的に苦しめる道具にはなったかもしれないけど」

「それだけでも、君と結婚した価値はあったさ」

シャーロットは彼の冷たい言葉に、更に傷ついた。やはり、彼はそれだけのために、自分と結婚したのだ。

この二週間、自分はまた騙されていたのだ。優しい態度と笑顔と言葉で、自分はそれなりに幸せだと思い込まされていた。彼が慌ただしくハネムーンに出かけたのも、父を金銭的な窮地《きゅうち》に立たせるためだったに違いない。約束を反故《ほご》するために、父の知らないところに逃げたわけだ。

今夜、父が訪ねてきたのも、グリフィン自身が呼び寄せたのかもしれない。今すぐ借金を清算しなければならないという時期を見計らって、彼は真実を知らせたのだ。これが復讐《ふくしゅう》のためなのだと。

なんていう人なの……！

シャーロットは恐ろしさに眩暈《めまい》がしてきた。

わたしが愛した人は、こんな残酷《ざんこく》な人だったなんて。

自分の母親が父のせいで亡くなったと責めたい気持ちは判る。けれども、自分まで巻き込んで、こんな目に遭《あ》わせるなんて……。

彼はわたしの気持ちにまったく気がついてなかったの？

それとも、気持ちを知っていて、わざと踏み躙《にじ》ったの？　わたしが父の娘だから。

そう考えると、シャーロットは胸の奥まで冷たくなってきたような気がした。

「あなたがわたしに近づいてきて、騙したのも、復讐のためだったのね？　宿屋でわたしを抱いて、噂を流して……スキャンダルの渦中《かちゅう》に置き去りにしたのも、復讐のためだったのね？」

彼に気持ちを弄《もてあそ》ばれたと思ったら、悔しくて涙が出てきた。シャーロットはそれを拭《ぬぐ》わずに、グリフィンを睨みつけた。彼は一瞬、怯んだような気がしたが、すぐに冷たい表情に戻った。

「……ああ、そうだ。すべて復讐のためだ」

彼はあっさりとそれを認めた。

シャーロットはこれ以上、彼に何を言っても無駄だと悟った。幼い弟妹のために、借金をなんとかしてくれと頼んでも、きっと同じことだ。彼は復讐に凝《こ》り固まっていて、人間の心を失ってしまったらしい。

わたしを悲しみのどん底に突き落としても、平気な顔をしていられるのだもの。

シャーロットは立ち上がり、彼の傍を通り過ぎて、寝室を出ていこうとした。しかし、彼に腕を掴《つか》まれた。

「どこに行くつもりだ？」

「どこでもいいじゃないの。でも、あなたとはもう一緒にいられない」

「ベッドはここにある」

シャーロットは彼の整った顔を見上げた。彼がこれほど綺麗《きれい》な顔をしてなければ、彼に心惹《ひ》かれずに済んだだろうか。いや、そうではない。自分が好きだったのは、彼が優しく笑いかけてくれたからだ。弟妹に優しかったからだ。あれが何もかも偽りだと判った今では、彼に対する気持ちは萎《しぼ》んでいった。

いや、そのはずだった。

グリフィンが突然抱き締めてきて、唇を奪うまでは。

いやっ……。

こんなキスなんてされたくない。彼の愛撫に惑わされたくない。少なくとも今夜は一人で眠りたい。

気持ちが乱れていて、彼のキスに反応できないのが、今の自分の立場ではないだろうか。それなのに、彼にキスをされると、こんな乱暴なキスなのに、自分の身体は反応してしまうのだ。

どうして？

わたしは、もう彼のことなんて愛してない。こんな人、愛する価値もないじゃないの。

そう思うのに、シャーロットはたちまち抵抗する気力を奪われてしまう。身体からも力が抜けていき、彼に自分を委《ゆだ》ねてしまいそうになっていく。

彼のキスはやがて優しいキスとなる。シャーロットが好きな彼の甘いキスだ。この二週間、シャーロットを骨抜きにしたキスでもあった。

抵抗する力も奪われたシャーロットから、彼は唇を離した。長い睫毛《まつげ》に縁取られた瞳は、シャーロットの目を見つめていた。

彼の気持ちが判らない。今もわたしを抱くのは、なんのためなの？　少しでも、彼には情というものがあるからなの？

それとも……。

「わ、わたし……」

「違う場所で寝ることは許さない。私は君の夫だ」

「だって、あなたは……」

「君は私の妻なんだ」

彼はそれで説明が終わったと言わんばかりに、シャーロットの身体を抱き上げて、ベッドに運んだ。静かにベッドに下ろされて、シャーロットは絶望を感じていた。

このまま、わたしは彼の言いなりになってしまうだろう。

どんなに嫌だと思っても、身体が止められない。

唇が触れるだけで、もう蕩《とろ》けてきて、彼にすべてを捧げてしまう。

こんなに悲しくてならないのに、グリフィンをまだ愛している自分に気づき、シャーロットは胸が張り裂けそうになっていた。

しかし、彼のほうは冷静そのものだった。少なくともそう見えた。妻の心をここまで打ち砕《くだ》きながら、彼は甘く口づけてくる。まるで、これから愛《いと》しい者を抱くかのように、優しく髪を撫《な》でた。

こんなキスをされると、身体だけでなく、心だって勘違いしてしまう。ひょっとしたら、愛されているのかもしれないと思ってしまう。けれども、それだけはないのだ。

何度も熱烈にキスをされた後、彼はサッシュを解き、ガウンを脱がせた。そして、大きく開いているナイトドレスの胸元に唇を這《は》わせる。

「あ……んんっ……」

彼はナイトドレスの襟《えり》ぐりをそっと引き下ろした。胸の蕾《つぼみ》までもが見えてしまう位置まで下げて、零《こぼ》れ落ちそうなふくらみにキスをしてくる。襟ぐりのギリギリのラインにも、舌を這わせた。

そんなことをされると、なんだかもどかしくなってきて、シャーロットは身体を揺らした。乳首がナイトドレスの生地を押し上げている。彼にはそれが見えているはずなのに、触れてくれない。もちろん、キスもしてくれない。

ああ……キスして。もっとして。激しく奪って。

こんなことを考えている自分が嫌だ。自分こそ冷静でいたい。キスや愛撫を受ける度《たび》に、彼にすべてを支配されるのが嫌だった。

「こんなの……いや…っ」

思わず洩《も》らした呟《つぶや》きが聞こえたのか、彼は顔を上げた。

「何が嫌なんだ？　君の身体はこんなに喜んでいるじゃないか」

彼の冷静そのものの言葉が、シャーロットには悲しかった。こんなことを言われたくなかった。何もかもが復讐のためだったというのに、それでも自分の身体が彼を求めているという事実を指摘されたくなかったのだ。

シャーロットは唇を噛《か》んだ。目に涙が溜まっている。こんな屈辱《くつじょく》には耐えられない。

「抱かれたくてたまらないくせに」

彼の言葉は鋭い刃となって、シャーロットの胸に突き刺さった。

「グリフィン……」

「こっちを見るんだ」

彼は顔を背けようとするシャーロットの顎《あご》を摑《つか》んで、自分のほうへと向ける。彼の瞳がじっとこちらを見つめている。その目の中に侮蔑《ぶべつ》の色がないかどうか、シャーロットは思わず見つめ返してしまった。

彼の眼差しに侮蔑は感じられなかったが、かといって温かみもなかった。どちらかというと、傷ついたような痛みが感じられる。

でも……何故？

傷ついたのはわたしよ。彼じゃないわ！

グリフィンはナイトドレスの裾から手を差し込んできた。両脚の間を探られて、シャーロットは目を閉じた。そこだけは嘘がつけない。自分がどれだけ感じていて、どれだけ彼を求めているのか、判ってしまう部分だからだ。

彼はふっと笑った。彼の思ったとおり、どうしようもなく蜜《みつ》が溢《あふ》れているからだ。

「どうして君が『嫌』だと口にするのか、判らないな」

彼はそこに指をゆっくりと挿入してくる。すると、それだけで身体がゾクゾクしてきて、たまらない気持ちになってくる。

「だ…だって……」

「嘘なんかつくな。君は私のものだ。どんな理由で結婚しても……私のものであることに変わりはない」

どんな理由で結婚しても……。

その一言が、シャーロットの胸を抉《えぐ》った。

彼の心には愛がない。復讐心があるだけだ。

彼は指を出し入れする。シャーロットは心とは裏腹に、身体が燃え上がっていくのを感じた。

「あっ…ぁ……ああっ…あん」

指だけでもたまらない気分になってきて、身体をくねらせた。

「くそっ。もう……なんでもいい！」

グリフィンは指を引き抜き、シャーロットのナイトドレスを剝《は》ぎ取った。そして、自分の服も脱いでいく。

彼の股間《こかん》にあるものを見て、彼のほうもそこは嘘がつけないことに気がついた。彼はどうしようもなく自分を欲しがっている。

彼に奥まで貫かれて、シャーロットは身体の芯から痺《しび》れるような快感を味わった。これほど感じさせてくれる人は、きっと彼以外にいないに決まっている。

シャーロットは彼の背中に手を回して、しがみついた。

ああ……もっと。もっと……！

獣のように抱き合う二人の間には、間違いなく欲望だけは存在していた。

たとえ、シャーロットの胸の内に、どれほどの愛情や悲しみがあろうとも。そんなことは、身体の関係において、意味がなかったのだ。

翌日、目が覚めると、傍《かたわ》らには誰もいなかった。

眠りについたときは確かにグリフィンはいたが、どこへ行ったのだろう。シャーロットは起き上がり、寝室を見回した。時計を見ても、さして遅い時間ではない。ということは、自分が寝過ごしたわけでもないようだった。彼はいつもより早起きしたのだろうか。

扉一枚隔《へだ》てたところにある自分の衣装部屋へ行き、小間使いを呼んだ。身支度《みじたく》を終え、完璧《かんぺき》な格好になると、階下へと下りていく。

「おはようございます」

執事が礼儀《れいぎ》正しく挨拶《あいさつ》をしてくれた。シャーロットも挨拶を返し、何気なく尋ねた。

「伯爵様はどちらへ？」

執事ははっとしたように姿勢を正して、改まった口調で答えた。

「領地のほうへと視察にいらっしゃいました。今日は帰りが遅くなるそうですので、お好きなようにお過ごしくださるようにと、おっしゃっていました」

「……そうなの」

彼は逃げ出したのだ。

シャーロットはそう解釈した。きっと、昨日の話を蒸し返されるのが嫌なのだ。父を助けてほしいと懇願《こんがん》されたくなかったのだろう。まさしく、そうするつもりだったが、そうしたところで無駄なのは、もう判っていた。

だが、自分の家族が窮地《きゅうち》に陥《おちい》っているというのに、のんびり過ごすわけにはいかない。自分が駆けつけたところで、なんの役にも立たないと判っているが、それでもじっとしているわけにはいかなかった。

「馬車は使えるのかしら？」

「はい、伯爵様は馬に乗っていかれましたから」

それは好都合だ。馬車がなければ、借りたり、乗合馬車を使わなくてはならないが、それより早く着きたいからだ。

「では、用意をして」

シャーロットは小間使いを呼び寄せると、荷造りを頼んだ。それを聞いていた執事は慌てて口を挟んだ。

「奥様、どちらへ行かれるのですか？」

「ロンドンよ」

「伯爵様はそのようなことは……」

「いいのよ。用事があるんだから仕方ないわ。わたし、ちゃんと手紙に書いておくから、心配しなくてもいいわよ」

「はあ……」

執事は一応、納得したようなので、シャーロットは朝食を摂《と》りにいった。まずは腹ごしらえだ。そして、手紙を書いて、ここを出ていく。

今、自分を必要としているのは、継母《ままはは》や弟妹だ。父のことはよく判らないが、きっと今頃、金策に走り回っているはずだ。その手伝いはできなくても、動揺《どうよう》しているはずの継母や弟妹の世話はできる。せめて困っている家族の手助けをしたかった。

グリフィンには、わたしは必要ではないんだもの……。

自分の役割は、父を追いつめるための小道具みたいなものだった。その役割は終わったのだから、実家に戻ってもいいはずだ。

彼はわたしのことなんて、どうでもいいんだから。

ただ、夜はそれなりに役に立ったかもしれない。それだけだ。

昨夜、嫌だと思いながらも、結局、彼の言いなりになって抱かれてしまった。抵抗ひとつできなかったことを思うと、恥ずかしくてならない。シャーロットはもう昨夜のことを思い出したくなかった。

彼は逃げたのだし、シャーロットがどうしようと勝手だということではないだろうか。少なくとも、シャーロットはそう解釈した。

彼にとって、自分は最初から大した相手ではなかったのだ。それを認めるのはつらいが、実際そうなのだから仕方がない。いつまでも彼に気持ちを残して、うじうじとしていたくなかった。

するべきことがあるときのほうが、気持ちは楽だ。それに集中していればいい。一人になって、何もすることがなければ、グリフィンのことばかり考えてしまう。それも、自分の気持ちに対して、彼が冷たいことや、彼が自分にひどい仕打ちをすることばかり考えてしまうに決まっている。そんなことなら、何も考えずに、行動したほうがよかった。

朝食を終えると、シャーロットは荷物を馬車に運んでもらい、小間使いを連れて、ロンドンへの旅に出た。といっても、何日もかかる旅ではなく、今の時間に出発すれば、日が暮れる頃には着くだろう。

途中、何度か休憩を入れながら、馬車を進め、予定どおりにロンドンに着いた。馬車はシャーロットがあらかじめ指示していた自分の実家の前へと停まる。

シャーロットは一人で玄関に出向いて、扉を叩いた。しかし、応対すべき執事が出てこない。家族はもうロンドンにいないのだろうか。地所にある屋敷に戻ったのかと思ったが、工場が人手に渡りそうなのだから、あそこの屋敷も無事では済まないだろう。借金を返せないということは、何もかも取られてしまうということだ。

まさか、ここを追い出されてしまったなんてことはないでしょうね。

シャーロットは不安になって、声をかけて、扉をノッカーではなく手で叩いてみた。

「誰か！　いないの？」

すると、ほどなく扉が開いて、執事が顔を出した。

「お嬢様……」

「どうしたの？　いないのかと思ったわよ」

「いえ、その……いろいろありまして」

執事は扉を開けて、外を見回している。

「もしかして、借金取りが来たの？」

「はあ……。なんとか今日は帰ってくれましたが、奥様もお子様も怯《おび》えていらして」

とんでもないことになっている。自分がハネムーンを呑気《のんき》に楽しんでいたときに、実家は追いつめられていたのだ。

「お父様はどこ？」

「昨日、出かけられまして、まだ戻ってこられません」

シャーロットは眉《まゆ》をひそめた。昨夜、別荘を出た後、どこに行ったのだろう。帰宅せずに金策に走り回っているのだろうか。それとも、工場のほうに出かけたのか。

どちらにしても、ロンドンの屋敷には、継母と弟妹しかいないということだ。やはり戻ってきて、よかった。自分が何かできるわけでもないが、それでも苦しんでいる家族を放ってはおけない。

「とにかく、わたしは戻ってきたの。荷物があるから手伝ってくれない？」

「はい、あの……。使用人はほとんどやめてしまって……」

シャーロットは驚いて執事を見つめた。

初老の執事は申し訳なさそうにしている。だが、シャーロットは自分のほうが彼に対して申し訳ないと思った。他の使用人はほとんどやめてしまっているのに、彼は残ってくれたのだ。恐らく給金ももらっていないだろうに。

シャーロットは御者と小間使いに頼み、荷物を屋敷の中に運んでもらった。

「あ、お姉様だ！」

ニックがシャーロットを見つけて、飛びついてきた。どれだけ心細かったことだろう。シャーロットはニックを抱き締める。

まだこんな小さな子供が、借金取りに脅かされるなんてことがあってはならない。具体的にどうしたらいいのか判らないが、シャーロットはとにかく自分の家族を守ることを決意した。

わたしの家族……。

シャーロットの頭に、自分の夫であるグリフィンのことが過《よぎ》った。家族というなら、グリフィンも家族だ。だが、グリフィンこそが、こうして自分の血縁の家族を窮地《きゅうち》に追いやっているのだ。

シャーロットは無理やり彼のことを頭の隅に追いやった。大事なのは、まだ幼い弟妹のことだ。そして、彼らの大切な母親であるロレイン。父のことはよく判らないし、シャーロットを取引の道具くらいにしか思っていないのだから、それほど同情はしない。けれども、やはり継母と弟妹はなんとかして守りたいのだ。

「まあ、シャーロット……。一体、どうしてここに？　まだハネムーンの最中だったんでしょう？」

ロレインはシャーロットがハネムーンに出かけたことを知っていたのだ。恐らく父から聞いたのだろう。

シャーロットは彼女に事情を説明しようとしたが、弟妹の前で借金や復讐の話はしたくない。

「後で詳しく話すわ。ところで、使用人がほとんどやめたという話だけど……」

ルビーがシャーロットのスカートを引っ張って、話に割り込んできた。

「ナンシーがどこかに行っちゃったの。いい子にしてなさいって、トランクを持って、行っちゃったの」

乳母のナンシーも給金をくれないようなところには、いつまでもいられないだろう。すべて、グリフィンのせい……。いや、グリフィンは父を騙しただけで、別に父を破産に追い込んだわけではないだろう。

でも……本当にそうなの？

グリフィンは計画的に復讐を果たした。シャーロットを誘惑するようなことまでしたのだ。父の事業が上手《うま》くいかなくなった原因には、グリフィンが関わっていないとも限らない。

もちろん、証拠があるわけではないが。

シャーロットは身を屈めて、泣きべそをかいているルビーを抱きしめた。

「大丈夫よ。姉様がいるんだから。ね？」

ルビーはこくんと頷《うなず》き、シャーロットにもたれかかる。ニックも心細そうな目をしながら、シャーロットの傍から離れようとしなかった。

こんないたいけな子供達が犠牲になるなんて、間違ってるわ！

シャーロットはグリフィンに、不安そうな弟妹を見てもらおうと思った。同情心に訴えるなんて、間違っているかもしれない。けれども、それで彼が考え直してくれるなら、手段は選ばない。

ふと気づくと、執事が所在なげに立っていて、しきりに手を擦っている。シャーロットは立ち上がり、執事に向かって言った。

「ここに残ってくれている人達は誰かしら。食事は誰が作っているの？」

「料理人はまだ残ってくれています。今のところは……。それから、家政婦と若いメイドが一人。掃除《そうじ》ももう行き届かなくて……」

シャーロットは頷いた。

「それは仕方ないと思うわ。今は掃除より、生き抜くことだもの。料理人がいてくれて助かったわ。わたしと小間使いと御者の分も、簡単でいいから何か作ってもらえないかしら？」

執事は温かみのある笑顔で微笑《ほほえ》んだ。

「お嬢様はいつでも私達使用人のことをちゃんと考えてくださっているんですね」

「誰だって、お腹が空くのは当たり前のことでしょう？」

「使用人は腹が空かないと思う方もいらっしゃるのですよ」

執事はそう言って、料理人に話をしにいった。思えば、父も使用人は腹が空かないと思うような人間だったのだろう。だから、工場で働く人達を蔑《ないがし》ろにしたのだ。

これから先、どうなるか判らないが、とりあえず父が帰ってくるのを待つしかないのだろうか。もしくは、グリフィンに頼るか。

後先考えずに、別荘を出てきてしまったが、あのまま残ってグリフィンに頼むほうがよかったのかもしれない。しかし、とてもそんな気にはなれなかったし、頼んでも訊いてくれたかどうか判らない。

きっと、今頃、彼は別荘に戻って、シャーロットが勝手にロンドンに行ったと聞いて、カンカンに怒っているだろう。とはいえ、自分がどうしてそんな行動を取ったのかは、彼にだって判っているはずだ。

家族が路頭に迷うかもしれないと知っているのに、どうして自分だけ安穏《あんのん》としていられるだろうか。そんなことはあり得ない。彼がどこかに出かけていなかったとしても、自分は実家に帰るという選択をしただろう。

まだこんなに幼い弟と妹を、借金取りがやってくる屋敷に放っておくなんてことはできない。自分はグリフィンと結婚したが、血縁というものは消えてなくなるわけではないのだ。

いっそ、彼のロンドンの屋敷に、家族を連れていこうか。

ふと思いついた考えだが、そうなったら、給金ももらえないのに、ここに残ってくれているわずかな使用人には、どう報いたらいいのだろう。自分が持っているお金なんて、大したことはない。全部差し出したとしても、彼らの新しい勤め先が決まるまでもつような金額ではなかった。

「お姉ちゃま、あっち行こう」

ルビーが居間を指差し、その指を口に入れた。指しゃぶりの癖《くせ》は治ったと思っていたのに、急にいろんなことが重なって、癖が戻ったのだ。今までよく面倒を見てくれた優しいナンシーがいなくなったことは、ルビーにもニックにもショックだっただろう。何しろ、ロレインはそれほど子供達の面倒を見ていたとは言えないからだ。

けれども、彼女自身も不安なはずだ。誰が悪いのかといえば、父かもしれないが、そう仕向けたのが自分の夫かもしれないと思うと、心苦しくて仕方がなかった。しかも、自分も父も彼にすっかり騙されていたのだから。

そういう意味では、わたしもグリフィンの企《たくら》みに、知らずに加担していたってことだわ。最初からずっと騙されてばかりだと思うと、胸が痛んだが、今、大事なのは幼い弟妹を守ることだ。ニックとルビーだけは守りたい。

シャーロットは二人と手を繋《つな》ぎながら、居間へと移動した。

翌朝早くに、嫁《とつ》ぐ前の自分のベッドで寝ていたシャーロットは、大きな物音や怒鳴り声で目が覚めた。

玄関の扉を激しく叩く音があり、扉の向こうで怒鳴られているようだ。間違いなく借金取りが来たのだろう。きっと昨日もこんな感じだったに違いない。こんな中で、継母と弟妹は息を潜めるようにして、抱き合っていたのだ。

こんな環境の中に、ニックとルビーを置いておくわけには絶対にいかない。

シャーロットは小間使いを呼んで着替えると、階下へと下りていった。執事がおろおろしているのが見える。シャーロットに気づいて、執事は駆け寄ってきた。

「いけません、お嬢様。外に出ては危険です」

「でも、このままではいけないわ。大丈夫《だいじ》。わたしに任せて」

もちろん、扉の向こうにいる男達と対峙《たいじ》するのは怖い。確かに乱暴な真似《まね》をされるかもしれないし、とても危険だ。しかし、このまま騒音や罵声《ばせい》を、二人の幼い子供に聞かせたくなかったのだ。

シャーロットは勇気を振り絞《しぼ》って、扉を開いた。

外には男達が何人もいた。それも怖そうな男達ばかりだ。シャーロットはすっと息を吸い込み、冷静なふりをした。数えると、そこにいるのは八人だと判る。

「メイヤーはどこだ？　メイヤーを出せ！」

殺気立った様子で、男達の一人が尋ねる。

「父は……いません。一昨日からずっと帰ってきていません」

「くそっ。逃げたんだな！」

逃げた？　いいえ、そんなまさか！

父はそこまで悪い人間ではないはずだ。借金取りの矢面《やおもて》に妻子を立たせたまま、自分だけ逃げるはずがない。そんなに卑怯《ひきょう》なはずがないだろう。

だが、シャーロットは父の人間性に信頼は置いてなかった。ひょっとしたら、逃げたのかもしれない。いや、金策に走り回っているはずだ。何もかも失うより、プライドを捨てて、頭を下げるほうがはるかにいい。

シャーロットは静かに口を開いた。

「父は金策に駆けずり回っています。必ず、皆さんに借金を返して、お詫《わ》びをするはずです」

「いい加減なことを言うな！」

大きな声を出されて、シャーロットは怯んだ。

「あんたが伯爵夫人になったって娘だろう？　それなら、父親の代わりに金を払うんだな！　そうでなけりゃ、今すぐ金目のものを売り払うんだ！」

「いや、払えるなら払ってるはずだ。さんざん居留守を使いやがって！　こいつら全員、引きずり出してしまえばいいんだよ」

「そうだ。引きずり出して、娼館《しょうかん》にでも売ってしまえ！」

男達の一人がシャーロットの腕を掴《つか》んだ。

「やめて！　お金は払うわ！」

「いつ払うんだ？　さんざん待ったんだ。今、払ってもらわなくちゃ信用できないぞ！」

「今は……今は無理よ。でも、絶対、払うわ！　わ、わたしは伯爵夫人なんだから……」

「それなら、借金はフォーラン伯爵が払うと言っているんだな？」

震えながら、シャーロットは頷いた。そんな話をグリフィンが聞いたら、激怒するだろう。借金取りがグリフィンのところへ行って、断られたらどうなるのか、想像するのも怖かった。

彼は金を払うのを断るだろうか。彼は復讐《ふくしゅう》のために、周到に計画を練《ね》って、こんなことをしたのだ。今更、復讐を諦めるとも思えない。けれども、彼が幼い弟妹をこんな目に遭《あ》わせても平気だとは、どうしても信じられなかった。

わたしのためではなく、ニックとルビーのために、どうかお金を払って！

シャーロットはそれだけを願って、彼らの顔を見回した。

「とにかく……信じて。や、約束するから……」

震える声で、嘘の約束をする。いや、これが嘘でなくなることを願いながら。

男達はこそこそと話し合っている。彼らの結論が出るのを待っている間、通りのほうを見ていると、馬車がやってきて、この屋敷の前で停まった。そこから降りてくる男の姿を見て、シャーロットは心臓が止まるほど驚いた。

グリフィンだわ……！

大胆《だいたん》な嘘をついたばかりなのに、それを嘘だと断言できる唯一の人間がグリフィンだった。

タイミングが悪いとしか言えない。どうして、彼はここへやってきたのだろう。

借金取りの男達も振り返って、グリフィンのほうを見た。

彼は近づいてきて、冷ややかな眼差《まなざ》しで男達を眺めまわし、自分が伯爵だと名乗った。

「ここは昨日から私のものだ。無断で足を踏み入れてもらいたくないな」

なんですって？

シャーロットは驚いて、彼の冷静な顔を見つめた。彼の言葉の意味を、シャーロットは考えた。父からこの屋敷を買ったのだろうか。いや、そうではない。それなら、父には金が手元にあったはずだ。そして、そのお金で、借金を返せばいいだけだ。

だが、それはできなかった。それに、父は約束どおり金を払ってほしいと言っていただけで、屋敷の売買の代金のことなど口にしなかった。そういうことがあるなら、父はグリフィンに金を要求できる立場であるのに。

借金取り達は彼に尋ねた。

「あんたがフォーラン伯爵だということは、借金も払ってもらえるんだろうな？」

シャーロットはギュッと目をつぶった。彼が拒否したら、それで終わりだ。ここがグリフィンのものであろうとなかろうと、彼らは催促《さいそく》に来るだろう。催促されてもお金が払えなかったら、一体、どうしたらいいのだろう。

「払おう」

彼の言葉に、シャーロットはぱっと目を開けた。グリフィンはじっと自分のほうを見ていた。きっと、目をつぶって、祈るような顔をしていたところも、見ていただろう。

彼は男達をぐるりと見渡して、声を張り上げた。

「ただし、今日ではない。明日、契約書や請求書を持って、私の屋敷に来るがいい。書類を精査して、妥当《だとう》であれば清算する意志はある」

男達は互いに顔を見合わせて、相談している。やがて、一人がグリフィンのほうを向いた。

「よし。フォーラン伯爵といえば、無情な男だが、約束は必ず守ると聞いている。今日のところは引き上げよう」

シャーロットはほっとした。男達が帰っていくのを見て、一気に力が抜け、よろめいた。

「危ない！」

グリフィンに抱きとめられて、シャーロットははっと身を強張《こわば》らせた。自分を抱く彼の目には、はっきりと非難が込められている。

「……ありがとう。大丈夫よ」

シャーロットは足を踏ん張り、身体に力を込めた。

わたしは大丈夫。あなたの世話なんかにはならないわ。

そう思ったが、彼に感謝する必要があるのは確かだった。

「父の借金を払ってくださるのね。ありがとう。でも、父にはお金を出さないと言っていたのに、どうして……？」

さっさと借金を清算してくれれば、シャーロットの家族はこんな目に遭うことはなかったのだ。すべて、彼が悪いというわけではないが、どうして今になって清算してくれる気になったのかは、知りたかった。

「借金の返済期日を過ぎて、すべてが私のものになったからだ」

「……どういうこと？」

「君のお父さんはある会社から屋敷や工場を担保にして、多額の融資を受けた。その会社の持ち主が私だったというだけだ」

グリフィンは無表情でそんな説明をした。シャーロットはショックを受けて、一瞬、言葉を失った。

信じられない。今や、本当にすべてが彼のものになったのだ。

「じゃ……じゃあ、あの人達は……？」

「君のお父さんは多額の融資を受けながら、事業に失敗した。その埋め合わせをしようと、少額の借金をあちこちからしたんだ。あいつらは高利貸しだ。荒っぽいことも平気でやる。君はあいつらの前に出てきてはいけなかった。だいたい、馬鹿正直に、矢面に立つ必要なんてなかったんだ」

「馬鹿正直ですって？　彼らは扉を叩いて、大声で怒鳴っていた。ニックもルビーも中にいるのよ。どれだけ怯えていることか」

彼は一瞬、顔を曇らせた。彼の良心が顔を覗《のぞ》かせたと思ったが、すぐに彼はシャーロットを睨みつけた。

「そもそも、君は私の妻なんだ。勝手に実家に戻るべきではなかった」

「だって、あなたは逃げたじゃないの？　わたしと話をするのが嫌で、逃げたんだわ！」

「逃げたのは私じゃない。君のお父さんだ」

「え……？」

シャーロットは目をしばたたいた。

父が逃げたって……どういうことなの？

グリフィンはシャーロットの腕を摑んで、屋敷の中に入った。すると、執事が素早く扉を閉めた。また借金取りが来ることを恐れているのだろう。

「ねえ、グリフィン……どういう意味なの？　父が……」

グリフィンは厳しい表情で、シャーロットを見下ろした。

「彼の行動を、探偵がずっと見張っていたんだ。昨日の朝、連絡があって、彼は港に向かっていると。外国に逃げるつもりかもしれないと聞いて、私も港に向かった。家族を置いて、自分だけ逃げるなんて信じられない。だから、私は止めるつもりだった。自分がしたことに向き合い、家族に謝罪するなら、助けてやってもいいと。だが、間に合わなかった……」

「それじゃ、父は……」

シャーロットは掠《かす》れた声しか出せなかった。グリフィンは頷いた。

「ああ。アメリカ行きの船に乗ってしまった」

今度こそ、立ってはいられなかった。脚に力が入らず、へなへなと床に座り込む。

父は家族を見捨てたのだ。荒っぽいことを平気でやる借金取りの中に、家族を残したまま、自分だけ逃げ出した。

嘘だわ……！

父は家族を顧《かえり》みない仕事人間だったということは知っている。愛情なんてないことも。けれども、自分の責任から逃げることはしないと思っていた。

それなのに……。

こんなこと耐えられない！

いっぺんにいろんなことがありすぎて、シャーロットの頭はどうにかなりそうだった。悪いのは誰だったのだろう。やはり、父だったのだろうか。それとも、父をそう仕向けたグリフィンなのか。

「シャーロット……」

彼は膝をつき、呆然としているシャーロットを抱き締めてきた。彼の温もりが今は恋しくて、思わず彼の背中に手を回し、その胸に顔を埋めた。

だが、足音が聞こえてきて、はっと身体を強張《こわば》らせて、顔を上げる。蒼白な顔をしたロレインがこちらに近づいてくる。

「それは……本当のことなの？　あの人がアメリカに行ってしまったって」

グリフィンはシャーロットを腕に抱いたまま、立ち上がった。そして、彼女に向き合う。

「はい。間違いありません」

「ああ……。信じられない」

ロレインは額に手を当てて、呻《うめ》いた。シャーロットはグリフィンの腕の中から抜け出て、継母に駆け寄り、身体を支えた。

昨夜、シャーロットは彼女にすべての事情を話していた。グリフィンの復讐《ふくしゅう》で、何が起こったかを。彼女はシャーロットを慰めてくれたものの、父の事業のやり方には前から疑問を持っていたと言った。シャーロットは父の事業のことなど、まったく関心がなかったから、彼女の考え方に感銘《かんめい》を受けたのだった。

わたしは自分の生活の犠牲になっている人がいるなんて、考えたこともなかったわ。

もちろん、ただ面白おかしく暮らせればいいと思っていたわけではなかった。ただし、その視野は狭かった。自分の家族や、自分の屋敷で暮らす使用人のことまでしか、考えが及ばなかったのだ。

工場で働いている人達や、その家族のことまでは考えていなかった。

ロレインは子供を乳母に任せきりだった。もちろん愛情がないわけではないものの、昼間からお茶会や読書会、それから、何かの活動だとか会合など、とにかく積極的に外に出ていくタイプの人だ。その代わり、着飾って舞踏会に出るのは好きではなかった。父に言わせると変人だそうだが、それでもシャーロットより、よほど世の中の動きに敏感で、視野も広かった。

グリフィンは彼女に対しては、気の毒そうな顔をしていた。

「借金のことはこちらで清算します。このままここで住んでもらってもいいし、地所に戻ってもらっても構いません。生活費も私が出します」

彼がここまでしてくれるなんて、どうしてなのだろう。シャーロットは当惑したが、ロレインのほうがもっと戸惑ったようだった。

「あなたに、そこまでお世話になることはできないわ。シャーロットに事情を聞きました。あなたのお母様のことも……。お気の毒でした」

グリフィンがそれを聞いて、目を瞠《みは》った。そして、次の瞬間、彼は魅惑的な笑顔を浮かべた。

シャーロットが惹《ひ》かれた、あの優しげな笑顔だ。

それを見た途端、シャーロットは胸が痛くなった。それは自分が失ったものだったからだ。いや、最初から自分のものですらなかったのだが。

「いいえ。私の目的はメイヤーを破滅させることだった。ですが、彼の家族が犠牲になるのは、見ていられない。それに、あなた方は私の妻の家族ですから。メイヤーが逃げてしまった後は、私がすべての責任を負います」

　彼はとても魅力的な人間に見えた。正しいことをしている男の姿を見たような気がした。けれども、彼は復讐に燃えた男で、シャーロットをその道具にしたのだ。復讐が上手《うま》くいったからといって、今更、優しげな顔を見せられても、信用できなかった。

　もちろん、グリフィンが継母やその子供達に対して、寛大な処置をしてくれるということに対しては感謝をする。彼には関係ないことでも、借金を払い、自分のものとなった屋敷に引き続き住まわせようとしている。しかも、生活費まで面倒を見てくれるという。

だが、彼のような資産家には、大したことではないのかもしれない。

　ロレインは恐縮しながらも、彼に感謝していた。

「ありがとうございます。それを聞いて、どれだけ安堵《あんど》したことか」

　気丈な継母が泣いている。シャーロットは彼女がここで暮らすなら、元のように快適に過ごせるようにしてあげたいと思った。元々、彼女は華美に着飾ったりするような女性ではないのだ。快適といっても、費用はさして嵩まないだろう。

「グリフィン、ここは使用人もほとんどやめてしまっているの。できれば、呼び戻してほしいわ。もしくは、新しく雇わなくては。乳母のナンシーもやめてしまったのよ」

　ナンシーのことは、グリフィンも知っているはずだ。彼は大きく頷いた。

「判った。詳しいことは執事と話して決めよう。だが、君は私と一緒に帰るんだ。もちろん今すぐでなくてもいいが、荷造りはしておいてくれ」

つまり、これは交換条件ということだ。家族の面倒は見てやるから、おとなしく家に帰れというわけだ。だが、家族のことを考えてくれるのは、彼の妻の実家だからだ。つまり、自分が彼の妻であることを否定するなら、ここは彼にとって重要な場所ではなくなるだろう。

「……判ったわ」

シャーロットは溜息交じりに頷いた。

他に選択肢《し》などありはしない。それに、彼がこうしてすべてのことを引き受けてくれるというなら、自分がすることはあまりなかった。

「グリフィンだ！」

ニックの声が聞こえてきて、階段の上を見上げる。すると、そこには、メイドに着替えさせてもらったニックとルビーの姿があった。

ニックは嬉しそうに階段を下りてきて、グリフィンに飛びついた。グリフィンにとって子供達は、シャーロットに近づくための小道具のひとつに過ぎなかったのだろうが、彼らのほうはグリフィンを心から慕《した》っているようだった。

「元気だったか？」

グリフィンは屈んで、ニックを抱き締め、それから頭をぽんぽんと優しく叩いた。

「うん。元気だったよ。それから、泣きそうだったルビーを慰《なぐさ》めてあげたんだ」

彼は胸を張って、兄らしいところを自慢した。ルビーはきっとあの物音や怒鳴り声が怖かったに違いない。いや、ニックも怖かったのに、妹を慰めたのだ。

「偉かったな、ニコラス。弱いものを守るのが、本当の男なんだ」

彼の言葉に、シャーロットは違和感を覚えた。

彼は自分を守ったりしなかった。それは父の娘だったからだろうか。復讐の道具に、いちいち同情はしないということなのか。

シャーロットは彼に感謝しつつも、素直な気持ちにはなれそうになかった。

第五章
工場の子供達

その夜までに、グリフィンは呼び戻せる使用人を呼び戻し、足りない人数は補充できるように指示した。給金をもらっていなかった使用人に給金を払い、最後まで残ってくれていた使用人には特別に感謝の礼金まで出した。

それもこれも、グリフィンが裕福だからできたことではあるが、父なら同じ立場に置かれても、こんな大盤振る舞いはしないだろう。しかも、何かした後に、必ず恩着せがましく言うのだ。だが、グリフィンはそれが自分の義務であるかのような態度を取った。

こうなったのも、彼のせいだとは思うが、直接、責任があるわけでもないのに。

夕食をみんなで摂った後、シャーロットはグリフィンと共に、ロンドンにある彼の屋敷に戻った。結婚式の後に立ち寄っただけの屋敷だ。そして、あのガーデンパーティーのときに初めて見た屋敷だ。

今は暗くて、あの美しい庭を見ることはできない。しかし、シャーロットは庭を気に入っていたし、立ち寄っただけの屋敷でも好きだった。だが、彼がずっとここに住むつもりなのかどうかまでは、判《わか》らなかった。

というより、彼が何を考えているのか、さっぱり判らなかった。最初からずっとそうだ。判ったためしはない。彼は父の借金の肩代わりをきっぱり拒絶すると思ったのに、意外にもすぐに承諾《しょうだく》した。

それだけではなく、シャーロットの家族に対して、できるだけのことはするという約束をしてくれた。シャーロットには意外ではあったが、彼は父への復讐《ふくしゅう》を果たしたので、寛大な気持ちになっているのかもしれない。

しかし、シャーロットに対しては相変わらずだった。優しくしてくれるかと思えば、距離を置く。結婚以来、いつもその繰り返しだったように思う。だからこそ、彼の気持ちがさっぱり理解できないのだ。

とにかく、彼は一旦、妻にしたシャーロットを手元に置いておきたいのだろう。気持ちはともかくとして、確かに身体の相性はいい。といっても、シャーロットは他の男性など知らなかったから、それが本当かどうかは判らない。ただ、自分は彼にキスをされたり、触れられると、決して拒《こば》めない。身体が彼に惹きつけられていることは確かだった。

彼もきっと同じように、身体がシャーロットに結びつけられているのだ。

もっとも、それは嬉しいことだ。結婚した経緯を考えると、もっと遠ざけられてもおかしくなかった。彼がそうしようと思えば、お飾りのように、ただ存在するだけしかない妻になる可能性があった。自分よりもっと相性の合う女性を愛人にすればいいことだ。

しかし、皮肉なことに、身体は引き合っている。シャーロットは彼に抱かれずにはいられなかったし、彼もまたこちらを抱かずにはいられないのだろう。

これで子供ができたら、どうなるのだろう。

シャーロットは不安だった。彼への気持ちもまだ不安定だ。彼を憎むべきなのに、それもできない。彼を愛したくないのに、どうしても愛してしまう。

だって、彼はわたしの家族には優しくしてくれたもの。

彼の考えは判らないが、それでも継母《ままはは》や弟妹に対する態度はとても優しげで、とても復讐なんか考えつきそうもないような人間に見えた。

そう。わたしにはまるで判らない。彼という人が。

彼は復讐のことを話してくれたが、彼の心の傷はそれだけではなさそうな気がする。決して喋《しゃべ》ったりしないが、それでも何かあるということは、間違いなかった。

ロンドンの屋敷は、夫婦それぞれ寝室がある。シャーロットは寝支度《ねじたく》をして、自分の寝室のベッドに横たわった。彼の寝室とは扉一枚で繋《つな》がっている。彼が来るがどうか判らず、シャーロットはずっと待っていたが、とうとう来なかった。

翌朝、目が覚めて、シャーロットは落胆《らくたん》した。

彼は来なかった。つまり、シャーロットなど必要ないということだろうか。勝手に家を出て、実家に帰るような妻はいらないということなのか。

ロンドンにはたくさん誘惑がある。遊ぶところも、お酒を飲むところも、そして、美しい女性《し》がいるところもあるのだ。何も自分を裏切る妻を抱かなくても、彼にはいくつもの選択肢があった。

いいのよ。どうせ、彼はわたしなんか愛していないんだから。

そう思ってみても、心は落ち着かない。彼に抱かれて、自分を見失いたくないと思いながらも、こんなふうに背を向けられるのは、つらかった。だが、彼を愛しているのに、二人の関係を身体だけのものに貶《おとし》められるのも嫌だ。

本音を言うと、わたしは彼に愛してもらいたい。

結局、それがすべてなのだろう。しかし、彼の考えていることがさっぱり判らなくて、どうやって歩み寄っていいかも判らない。復讐の道具に過ぎなかった自分を、これから彼が愛する可能性があるのかどうかも判らなかった。

朝食を摂るために階下に下りると、書斎のほうで声が聞こえてきた。例の借金取りが来ているのだろう。自分がのんびり眠っていた間、グリフィンはすでに仕事をしていたのだ。なんだか少し申し訳なく思った。しかも、それは彼の借金ではなく、彼が憎んでいる父の借金だ。

そもそも、彼はわたしをロンドンまで追いかけてきたんだわ。

父が船に乗って国外に逃げようとするのを止めるために、港まで行った後のことだ。父と娘の二人に振り回されて、彼は大変だったに違いない。昨日も、彼が来てくれなければ、自分は借金取りを追い払えたかどうかも判らない。

やはり、彼に感謝すべきなのかもしれない。

シャーロットの頭の中は混乱していた。彼に惹かれる気持ちと憎む気持ちがある。感謝する気持ちもあれば、彼の仕打ちをひどいと感じる気持ちもあるのだ。

心が二つに引き裂かれそうになりながらも、朝食を摂《と》った。シャーロットは勝手にロンドンに戻ってきたが、彼はこれからどうするつもりだろう。別荘に戻るのか、それともロンドンでこのまま暮らすのか。

朝食室から出たところで、客が帰っていくのを見た。昨日見た借金取りの一人だ。昨日は非常に殺気立っていたが、今日は満足そうにしている。ということは、きっと金を払ってもらったのだろう。

シャーロットはグリフィンと話をしたかった。やはり借金の清算のことや昨日のことで、もっとちゃんと礼を言うべきだと思ったのだ。

書斎へ行き、扉をノックする。応答があって、扉を開くと、中には大きな机についているグリフィンと、もう一人、男性がいた。彼はよく別荘にも来ていたグリフィンの秘書だ。彼もまたもうひとつある小さめの机について、何か書類に書き込んでいた。

「ごめんなさい。お仕事中だったのね」

扉を閉めようとすると、秘書は立ち上がった。

「何かお話があるなら、どうぞ。私は少し休ませていただきますから」

「えっ、でも、お邪魔では？」

シャーロットはグリフィンに視線を移した。

「いや、ちょうど休憩しようと思っていたところだ。……よかったら、紅茶を持ってくるように、メイドに言ってくれないか」

　グリフィンは秘書に指示を出すと、立ち上がり、シャーロットをソファに座らせた。彼はテーブルを挟んだ向かい側に腰を下ろす。向かい合わせに座ると、急にシャーロットはそわそわしてくる。視線をどこに向けていいのか判らなくなってくるのだ。

　だって、彼は素敵すぎるんだもの。

　顔を見て、目を合わせると、なんでも彼の言いなりになってしまいそうになる。結婚して、ずいぶん経つというのに、まだシャーロットは彼に恋をし始めた娘のような気持ちになってきてしまうのだ。

　なんだかドキドキしてきて、本題に入る前に、違う話を始めてしまった。

「あなたは秘書には丁寧《ていねい》な言葉遣いをするのね」

「……そうか？」

　彼は眉《まゆ》をひそめた。自分では自覚がないらしい。

「秘書にだけじゃないわね。あなたは伯爵なのに、あまり命令らしい命令をしないのよね」

　もちろん、使用人にはてきぱきと指示を出すが、そういうときでも、彼の口調は命令らしくないのだ。だから、その物腰の柔らかさに、自分は貧乏貴族なのだと勝手に思ってしまったのだ。

　彼のように身分が高かったり、事業に成功し、裕福な男性は、だいたい傲慢《ごうまん》なところがある。

シャーロットは舞踏会で父にその手の男性を何人も紹介されたが、どうにもその気になれなかったのは、そのせいに違いない。シャーロットがそんな素っ気ない態度だったので、相手の男性もこちらに必要以上に近づいてこなかったのだ。

もし、あの頃、父が勧める男性に気に入られ、プロポーズを受けていたとしたら、今とはまるで違う状況になっていたのだろう。スキャンダルは起こらず、幸せな結婚式を挙げて、父は借金を払い、アメリカには逃げずに、みんな今までの生活をしていたのかもしれない。

いや、父の借金はかなりの額だったはずだ。屋敷や工場を担保に、グリフィンの会社に多額の融資を受けていたのだから。自分と結婚するために、わざわざそんな大金を融通《ゆうずう》してくれるような裕福な男性が、本当にいたのだろうか。

スキャンダルが起こる前であっても、可能性は低かったような気がする。今になって、そんなことを考えても仕方がないが、シャーロットはグリフィンが自分の純潔を奪う必要はなかったのではないかと思うのだ。

彼にとっては、純潔を奪うことも復讐のためだったのだろうか。そこまでシャーロットにはひどいことをしておきながら、継母や弟妹にはあれほど親切にしてくれる。それがどうしてなのか、判らなかった。

グリフィンは肩をすくめた。

「父が居丈高《いたけだか》な性格だったから、私はそういう大人にはなりたくなかったんだろうな」

「でも、わたしには居丈高になるみたい。というより、わたしに対してだけ、よく命令しているわ」

彼は戸惑ったように目をしばたたいた。

「そうだろうか?」

「そうよ。ガーデンパーティーでプロポーズされたときも……。あれがプロポーズと言えるかどうかはともかくとして」

結婚することを勝手に決められたというか、半ば脅迫《きょうはく》され、強制されたのだ。とてもプロポーズとは言えないものだった。もちろん、宿屋でされたプロポーズには感動したのだが、結局、あのときの彼の言葉は嘘だと思ってもいいだろう。

「でも、あれはあなたの復讐の手立てのひとつだったわけだものね。父を天国から地獄に突き落とすための」

父はこれでなんとか首が繋がると思っていたのに、結局は何もかも失ってしまった。だからといって、一人でアメリカに逃げるような父に同情する気持ちはあまりないが。それより、父に感じるのは、怒りばかりだった。グリフィンに騙されていたのかどうか知らないが、事業に失敗し、次々に高利貸しに借金して、身動きが取れなくなったのだ。

本当に、父は自分がいなくなった後、どうなると思っていたのだろう。突然、屋敷から放り出された幼い二人の子供を抱えた女性が、どうやって生きていけるというのか。ロレインの実家はロンドンにはないし、助けてくれるとも限らない。グリフィンがいろんな申し出をしてくれなければ、悲惨《ひさん》なことになるところだったのだ。

グリフィンはシャーロットの嫌味を聞いて、溜息をついた。

「私は復讐の理由を君に説明した。同じことは二度も言わない。もちろん、君が怒る理由は判っているが……」

そのとき、扉がノックされて、メイドが紅茶を持ってきてくれた。ポットを眺めながら、シャーロットもグリフィンもしばらく無言だった。

「僕が注ごう」

グリフィンはそう言い出すと、熱いポットからカップに紅茶を注いでくれた。

「……ありがとう。その……昨日のことも、すごく感謝をしてるって、本当は言いたかったの」

「昨日のこと？」

「あなたが借金を払うって言ってくれたことよ。それに、あの屋敷にいてもいいって言ってくれたことや、生活費まで面倒を見てくれるって……どうしてそこまでしてくれるの？」

グリフィンはシャーロットから視線を外した。何か後ろめたいことでもあるのだろうか。彼の仕草に、シャーロットの胸はズキンと痛んだ。

ロレインはとても美しい人だ。父の妻にしては、年齢が若い。グリフィンと並んでいるところを想像しても、それほどおかしくはなかった。どちらかというと、似合いの二人だ。自分とグリフィンの組み合わせより、ずっと。

　彼が浮気をしないとは、シャーロットはあまり信じられなかった。彼は毎日のように自分を抱いたものの、いつかは他のものに目移りするに違いない。復讐のために結婚しても、そんなに長く続くはずもないからだ。

　だから、今、自分はグリフィンの気持ちを疑ってしまっている。

「ニコラスとルビーがいるからな。私だって、子供が路頭に迷うと聞けば、同情くらいする」

　グリフィンはそう言って、カップに口をつけた。

「そうね……。あなたは子供には優しいものね……」

　かつて、わたしにも優しいと思っていた。けれども、それは偽りの優しさで、彼はひどいことをしたのだ。

　結局のところ、やはりすっきりしない。彼の本心が見えないからだ。というより、自分だけがどうして父の復讐の道具として、利用されたのだろう。ニックやルビーに親切にしてくれることは嬉しいが、どうして彼らにだけ優しいのか、聞きたいくらいだった。

　わたしは、そんなに嫌われているのかしら。でも、そんなに嫌いなら、どうして連れ戻したりするのかしら。あのまま実家に置いておけば、彼は自由に振る舞えたというのに。それこそ、浮気のし放題だ。もっとも、彼が今、目の前で別の女性と仲良くしたとしても、自分に何か文句を言う資格があるとは思えなかった。

「私は子供が好きだ。できれば、最低四人は欲しい」

　突然、彼が身を乗り出すようにして、いきなり熱心にそう言った。

「よ、四人ですって？」

「嫌なのか？」

「嫌というわけじゃないけど……急に言われてビックリしただけよ」

　もちろん、二人の間に子供が授かる可能性はある。二人がベッドを共にしている限り、それは起こり得ることだ。けれども、こんなことを改めて話し合う仲ではまだないのだ。

　別荘で一緒に過ごしてきたが、それでもこんな話はしなかった。二人の結婚は何から何まで普通ではなかったからだろう。グリフィンは復讐の小道具として必要だから結婚した。シャーロットは脅されて結婚したのだ。

　侘《わび》しい結婚式や行われなかった披露宴、聞かされてもいなかったハネムーンのことなどを思い出しながら、あれでは夫婦として将来のことを考えられなくても仕方がないと思った。

「それで、どうなんだ？」

　しつこくグリフィンに尋ねられて、シャーロットは答えた。

「何人生まれるのかは、神様次第でしょう？　わたしは生まれた子供をみんな愛するだけよ」

　そう答えると、彼は嬉しそうな顔をした。どうしてそんな当たり前のことに、彼が喜ぶのかが、シャーロットには判らなかった。この結婚がつらいから、二人の子供を愛さないとでも思ったのだろうか。

　どんな結婚で生まれたにしろ、その間に生まれた子供を愛するのは当たり前だ。ニックやルビーを赤ん坊の頃から面倒を見ていたシャーロットは、彼らが可愛くてならないし、自分の子供なら尚更ではないだろうか。

「じゃあ、何人でもいいんだな？」

「ええ、神様が授けてくださるなら」

　やはり、彼は満足そうだ。もしかしたら、彼は相当な子供好きなのかもしれない。だから、ニックやルビーのことも本気で同情したのだろう。

　グリフィンが気にかけているのは、自分より彼らのことではないかと不安に思ったが、単に子供好きだと解釈すれば、なんとか説明できないことはない。

　そんなふうに、無理やり納得して、どうなるっていうの。

　シャーロットは自分の考えを馬鹿馬鹿しく思った。自分が彼に愛されていないことは、もう判っている。それなのに、必死で少しくらいは愛されているという証拠を探そうとしてしまう。

そんなものを期待してはいけないのに。

　シャーロットは自分が憐《あわ》れに思えてきた。

　でも、これで、わたしは愛されなくても、わたしが産んだ子供は愛してくれると判ったわ。

それだけでもいいじゃない。これから過ごす長い人生の中で、少しでも慰《なぐさ》められるものがあると判ったんだから。

胸の奥が痛んだような気がしたが、シャーロットはそのことを考えないようにした。考えれば考えるほど、つらいだけだ。

「とにかく、昨日のことにはお礼を言いたかったの。それだけ」

シャーロットは紅茶を飲み干して、立ち上がった。彼もそれに合わせて、立ち上がる。

「ちょっとニックやルビーの様子を見てきたいんだけど、いいかしら」

「ああ、構わない。何か不便なことがあったら、知らせてほしい。対処するから」

思わず、彼の顔をまじまじと見つめてしまった。彼はニックとルビーのために、そこまで気を遣ってくれているのだろうか、と。

「……ありがとう」

「いや。借金のことは今日中に清算できるだろう。明日、ここを離れる予定だから、君もそのつもりで」

「えっ……また別荘に行くの？」

自分が勝手に別荘を出て、ロンドンに戻ってきた時点で、もうハネムーンは終わりだと解釈していたのだが。

「いや。だが、工場のことがあるから」

シャーロットは唇を嚙《か》みしめた。

あの工場もまた彼のものになったのだ。復讐のために手に入れたかったのは、何よりあの工場に違いない。

「……判ったわ。じゃあ、明日向かうのは……」

「君が生まれ育った屋敷ということになる」

それを聞いて、シャーロットは長く息を吐いた。

「あそこにあるすべてが、あなたのものになったのね……」

「私のものということは、君のものということでもあるはずだ。私達は夫婦なんだから」

理屈ではそうことになるのだろう。けれども、幼い頃の思い出も、すべて奪い取られたような気がして、シャーロットはショックを受けた。

だから、顔を上げて、グリフィンの顔を見据え、つい嫌味を言ってしまった。

「おめでとう。欲しいものは全部手に入れたのね」

彼の顔からすっと表情が消えた。それを見て、たちまち後悔したのに、彼は視線を逸《そ》らしながら、吐き捨てた。

「ああ。母親だけは戻ってこないが」

彼だって、復讐をしたくてしたわけではないのだ。母親さえ生きていれば、彼にとってはそれでよかったのに。

シャーロットは謝るべきだと思ったが、何も言えなかった。くるりと向きを変えて、書斎から逃げるように出ていくしかなかった。

翌朝早く、グリフィンはシャーロットの父が所有していた地所へ、彼女を連れて向かった。目的地に着いたのは夜遅くで、もしシャーロットがいなければ、事情を知らない執事は決して屋敷の中へは入れてくれなかっただろう。

ここの地所の一角に、紡績工場も建てられていた。その近隣に母の実家もあり、墓もある。グリフィンがそこを訪ねたのは、成人してからのことだった。

探偵を使い、母の死の真相を知ったとき、メイヤーに復讐すると誓った。その頃には、母を拒絶した祖父も亡くなり、母を追い出した父もすでに病床にあった。復讐の相手はメイヤー以外に考えられなかった。

長い間、彼を破滅させることだけを考えていたが、彼の家族のことまでは考えていなかった。彼らに近づくまで、気がつかなかったと言ってもいい。彼らにもそれぞれ人格があり、生活があるということも。

頭の中で計画していたときは、彼らを復讐を彩《いろど》るただの小道具くらいに思っていたのだ。だが、シャーロットとその弟妹を見たとき、自分の気持ちが揺らいだ。

メイヤーは罰を受けるべきだという信念は変わらなかった。彼は母だけではなく、たくさんの工員の命を犠牲にして、のし上がってきた。劣悪な環境で、小さな子供まで働かせていた。もちろん、こんな工場主はメイヤーだけではなく、この国にたくさんいる。だが、母の命を奪ったメイヤーだけは、個人的に許せないのだ。

しかし、メイヤーの家族は彼と同じような考えを持っていたわけではなかった。だから、最初から、家族にはなんらかの援助はしようと決めていた。もちろん、シャーロットにもそれほど関わるつもりはなかったのだ。

彼女があれほど可憐《かれん》で美しくなかったら……。

子供好きで、優しい女性でなかったら……。

きっと、彼女の純潔を奪うことにはならなかっただろう。ピクニックで、シャンパンを飲ませすぎたりしなかったし、宿屋で休ませているときに部屋に近づいたりもしなかっただろう。

だが、実際には、脅かしてでも早急に彼女を自分のものにする誘惑に勝てなかった。スキャンダルになっていたのを知ったとき、彼女と結婚しなければならないと思った。それがメイヤーへの復讐にもなると自分に言い聞かせて。

復讐のことを、彼女に知られたくなかった。結婚式の後すぐに別荘に行ったのは、メイヤーに金をせがまれるのを避けるためだったが、同時に、シャーロットに知らせないようにするためでもあった。

だが、メイヤーは誰かからあの別荘に自分がいることを聞いたのだろう。よほど追いつめられていたに違いない。実際、金を払うことを拒絶したら、その足でアメリカに逃げたのだから。

彼が逃げたことは、グリフィンにとって好都合だった。彼がどれだけ卑劣《ひれつ》な人間なのか、これで証明されたからだ。そして、心おきなく彼の家族に援助をしてやれる。シャーロットに言ったとおり、ニコラスとルビーのことは気にかけていたし、その母親もあんな男と結婚したばかりに、こんな憂《う》き目に遭わされて、可哀想《かわいそう》だと思ったからだ。

ただ、ひとつ問題が残っていた。

シャーロットのことだ。彼女は自分に敵意を抱いている。彼女を利用したことを、今になって、グリフィンは後悔していた。こんなやり方をしなければよかった。せめて、あの宿屋で過ごした後、ロンドンを出て、頭を冷やそうなどと思わなければよかったのだ。

そうすれば、彼女を傷つけずに済んだ。スキャンダルの渦中に置き去りにし、後になって結婚を強《し》いることもなかったのだ。あの宿屋でなら、彼女はまだ自分のことを信頼してくれていたのだから。

そう。どうせ結婚するなら、彼女には幸せな結婚だと思わせておいたほうがよかったのだ。

彼女を傷つけるつもりも、悲しませるつもりもなかった。けれども、結婚は最初から間違った順序で進んでいったし、ハネムーンは上手《うま》くいきかけたと思ったが、メイヤーが押しかけてきて、すべてを台無しにしてしまった。

復讐のことを知った彼女は、頑《かたく》なになってしまっている。こうして、彼女の生まれ育った屋敷に戻ってきたが、少しも安らぎを感じていないようだ。それどころか、何かとてつもなくつらいことを我慢しているような顔をしていた。

どうして、こんなことになったのだろう。自分と彼女の間には、分厚い壁がある。彼女を抱いてみても、その壁を崩すことはできなかった。自分がただのグリフィンと名乗っていたあの頃なら、無防備で優しげな笑顔を何度も見せてくれていたのに、今はおざなりの微笑しか見せてくれない。

グリフィンはあの頃の彼女が恋しくて仕方がなかった。あの頃の彼女を取り戻したい。けれども、この屋敷にいれば、余計に復讐のことを思い出してしまって、彼女はより頑なになってしまうかもしれない。

シャーロットは執事に、かつてメイヤー邸だったこの屋敷の所有者が変わったことを、簡単に説明した。もちろん、復讐云々《うんぬん》までは言わない。ただ、事実だけを淡々と説明した。

「それでは、私共はどうすれば……」

執事はおろおろとグリフィンに尋ねた。所有者が変われば、使用人も今のままではいられないと思うのだろう。

「いや、君達全員、このままここで働いてほしいというのが、私の願いだ。この屋敷のことをよく知っている者が、管理すべきだろう？」

グリフィンは彼に優しく言った。シャーロットがちらりとこちらを見た。彼女に言わせると、自分は使用人には優しいらしい。だが、できれば、シャーロットにはもっと優しくしたいのだ。しかし、彼女はいつもこちらを極悪人を見るような目で見ている。そんな相手には、なかなか優しくなれない。

彼女を自分の思いどおりにしようとするのが、間違いなのかもしれないが。何故だか、彼女にはそんな欲求をかきたてるところがあった。彼女のすべてをコントロールしたいと思ってしまうのだ。

もっとも、自分の思いどおりにしようとすればするほど、彼女の心は自分から離れていくようだった。皮肉なものだ。

シャーロットはふっと溜息をついた後、階段の上のほうに目をやり、それからこちらに向き直った。

「わたしは自分の元の部屋を使いたいんだけど」

「ダメだ」

グリフィンは即座に却下した。娘時代の部屋をそのまま使いたいなんて、夫である自分に対する侮辱《ぶじょく》だ。

「でも、両親の部屋を使うことはできないわ。父はともかくとして、継母の私物だってまだ置いてあるのに」

確かに、そう言われればそうだ。親のベッドを使うのも、彼女にとっては落ち着かないことだろう。

「それなら、改装が終わってからにしよう。他に、部屋はあるだろう？」

執事に尋ねて、客のために用意されたうちの一番いい部屋を使うことにして、荷物を運ばせた。シャーロットは自分の部屋を使いたいのかもしれないが、そんなことを許していたら、ますます彼女との仲が悪くなっていくだけだ。

グリフィンは彼女の心を取り戻したかった。

ここですべきことは工場の再建と改善だが、それ以外にも彼女との仲を、せめて別荘で過ごしたときくらいには戻したい。

できれば、あの宿屋で抱いたときのように……。

初めて抱いたあのときの、彼女の純粋な気持ちを取り戻したかった。

シャーロットは自分の生まれ育った屋敷に戻ってきたものの、居心地が悪かった。元の部屋に戻ることを禁じられて、ロンドンから持ってきた荷物は、彼と共に使う広い部屋に置かれ、今、荷解《にほど》きがされている。

ここが自分の家でありながら、そうではなくなってしまったような気がする。この複雑な気持ちは、グリフィンには理解できないのかもしれない。この屋敷で、彼とベッドを共にするなんて……。

しかも、グリフィンは父からこの屋敷を奪ったのだ。父が悪いとはいえ、やはりわだかまりは、そう簡単に消えてはいかない。グリフィンのことを愛していても……いや、愛しているからこそ、自分を単なる復讐《ふくしゅう》の道具として扱った彼の仕打ちが悲しくてならない。

この結婚も、彼には復讐のためなのだから……。

いっそ、自分をロンドンに置き去りにしてくれればよかったのだ。離れていれば、淋しくても、心が粉々にされる恐れはない。シャーロットは彼との間に交わす言葉の一言一言にさえ、神経質になっていた。

彼の気持ちが何ひとつ判らない。彼が紡績工場を手に入れて、何をしようとしているのかも、まだ判らなかった。

彼の母親の命を奪った工場を潰すのは簡単だろう。彼はそうしたいのだろうか。工場の環境は悪いかもしれないが、工場で働き、その賃金で暮らしている人達もいるのだ。それを潰してしまうのは、誰かの生活手段を奪うことだ。

それとも、彼は別のやり方を考えているのだろうか。そのことも、彼は話してくれはしない。自分達は夫婦だと、彼は言うが、シャーロットは納得できなかった。二人の間はバラバラで、意思の疎通もままならない。何をどうすればいいのか、さっぱり判らなかった。

シャーロットはふらふらと屋敷の中を歩き回っていたが、グリフィンがいる書斎へ入った。

そこで、彼はいろんな書類を机の引き出しから出して、整理している途中だった。着いた早々、一体、何をしているのだろう。

「秘書も連れてくればよかったんじゃない？」

彼が整理しているのは、父の書類だと思うと、あまりいい気はしない。すべてが彼のものになったとしても、書斎の机をかき回されて、嬉しいわけがなかった。

「秘書はロンドンでまだ仕事をしている。借金の清算があと少し残っているんだ」

それを言われると、シャーロットも彼に文句を言うわけにはいかない。父のしたことの尻拭いをしてもらっているのに、横から口出しをする資格は自分にはないだろう。

それにしても、自分達の間に流れる雰囲気《ふんいき》は、どうにかならないものだろうか。シャーロットは自分がどうしたいのかも判らなかったが、せめて表面上はそれなりに仲良しの夫婦でいたい。それさえも、取り繕《つくろ》えないようになったら、もうおしまいだ。

「それは、なんの書類なの？　もし、わたしに手伝えることがあったら……」

「いや、大丈夫だ」

あっさりと断られて、シャーロットは何も言えなくなる。和解の手を差し伸べても、こうして拒絶されるなら、どんな手立てが取れるだろう。

とはいえ、グリフィンはシャーロットを拒絶したつもりはなさそうだった。

「この書類は君が読んでも判らないと思う。これから、私は紡績《ぼうせき》工場を立て直すことになる。

君のお父さんや大抵の工場主は収益さえ上がればいいと思っていたようだが、これからの世の中は違う。工員を粗末に扱えば、不満が溜まる。それより、待遇を改善することで、能率が上がり、結果的には収益が上がることになる。それに……私はもう工場で誰も死んでほしくない」

グリフィンの最後の一言に、シャーロットは心が動かされた。彼は母親のことを想っている。そして、同じ工場で働く人達の暮らしをよくしようとしているのだ。

それなら、彼が冷酷《れいこく》だとは言えないんじゃないかしら。

彼が自分にした仕打ちということにこだわっていたが、そこから離れて考えると、彼のいいところも見えてくる。

愛してもらいたいと思うから、つらくなるのだ。彼の愛を欲しがらなければ、もっと彼に近づけるのではないだろうか。

シャーロットは彼が熱意を持っている工場の再建を手伝えば、少しは二人の仲もましになってくるかもしれないと考えた。

「工場のことだけど……わたしに何かできることがあれば……」

「今のところはないな。君はあまり工場には近づかないほうがいい。最近、工員の中には暴動を起こす輩《やから》もいると聞く。幸い今まではそんなことは起こらなかったが、いつなんどきそんなことになるか判らない。君はこの屋敷の近辺で社交活動でもすればいい。もしくは、好きなことをしていて構わない」

シャーロットはがっかりした。

彼はあっさりとシャーロットの手助けを拒《こば》んだ。暴動のことはよく知らないが、工場では女も子供も働いている。それなのに、自分には近づくなと言うなんて。

わたしのほうは彼と仲良くしたいのに、彼はそう思ってないみたい。

彼にしてみれば、わたしなんて用済みの存在なのかもしれない。とっくに役目が終わっているから、好きにすればいいということなのかしら。

シャーロットは悄然《しょうぜん》と肩を落とした。

もう、公園で楽しく過ごしたあの頃には、戻れないのだろうか。二人きりで馬車に乗り、ピクニックに行ったあの頃にも。宿屋で、彼が囁《ささや》いてくれたことが全部、嬉しかったのに、あれもすべてが嘘だったのか。ひとつくらい真実は含まれていればよかったのに。

彼はそれほど冷酷な人ではないと判ってきたが、それでもシャーロットに対しては優しくなれないわけでもあるのかもしれない。それが、なんなのか、見当もつかないが。

あの頃、グリフィンは自分のすべてだった。名前しか知らない。苗字《みょうじ》も立場も住所さえ知らずに、ただ彼に恋をしていた。そんな頃にはもう時間は戻ってくれないのだ。

「判ったわ……」

シャーロットは立ち去ろうとした。

「いや、ちょっと待て」

グリフィンが近づいてきて、シャーロットの肩に手をかけた。くるりと振り向かされたかと思うと、彼の腕の中にすっぽりと収まる。

「あ……あの……」

彼の腕の中にいると、胸がドキドキしてくる。何度も抱き合っているのにおかしいかもしれないが、あれはベッドの中だけの特別な行為だ。こうして、なんでもないときに抱き締められると、愛情みたいなものを感じてしまう。

でも……彼はわたしを愛しているわけではないわ。

そう思いながらも、彼の腕の中から出ていきたくなかった。ずっと、こうして抱いていてほしい。単純かもしれないが、シャーロットは彼の胸に自分の頬《ほお》を寄せて、そう思った。

「君はときどき理解不能な言動をする」

「そうかしら……」

「私にとってはそうだ。君は私に食ってかかってくることがあるかと思えば、すっと引いていって、何事もなかったかのような顔をする。私には君の考えていることが判らない」

何が判らないと言っているのか、そのことがシャーロットには判らなかった。それこそ、グリフィンのほうがひどく意味不明な言動をしていると思うのだ。

「あなただって……冷たいかと思えば優しくしてくる。でも、すぐに突き放される。わたしには判らない。あなたが何を考えているのか、理解できない」

「私はただ……」

彼はその先を言わずに、唇を重ねてきた。

彼の言葉が聞きたいのに。本心を知りたいのに、彼はキスでごまかすのだ。どうして、思っていることを言ってくれないのだろうか。

本心は……言えないことなの？　だから、キスでごまかすの？

おまえはただの復讐《ふくしゅう》の道具に過ぎなかったけど、結婚したんだから上手くやっていこうよってことなの？

ニックやルビーのように、どうして優しくしてくれないのだろう。ほんの少しの愛情でいいから、分けてほしいのに。

彼はキスをしながら、シャーロットのうなじから背中へと撫《な》でていった。彼の手が触れたところが熱く感じられてくる。彼が自分を意のままに動かす一番の方法は、こうすることだった。彼は判っていて、わざとやっているに違いない。

彼にキスされるだけで、愛撫《あいぶ》されるだけで、すぐに己を見失ってしまう。そんな自分はあの宿屋で初体験をしたときと変わらない。何度も彼に抱かれているのに、まるで進歩がなかった。

何度抱かれても、慣れるということがない。彼に抱かれるより前に、熱い眼差《まなざ》しを向けられるだけで、身体が熱を帯びてくるのだ。どれだけ、彼のことが好きなのだろう。想いが通じないからこそ、もどかしくて、こんなに何度も彼を求めてしまうのかもしれない。

シャーロットはいつの間にか彼に身体を擦りつけるような仕草をしていた。彼に触れてほしいからだろう。結局のところ、シャーロットは彼と離れていることが、本当は耐えられないのだ。

やがて、唇は顔から喉元《のどもと》へと這《は》わせられる。立っていられなくなり、彼にすがるような格好になると、ソファに座らせられた。そして、これで終わりかと思ったのだが、そうではなくて、彼からそのまま押さえつけるようにして喉元にキスをされ、首筋にも耳朶《じだ》にもキスをされた。

「ああ……ん……そんな……っ」

ここは父の書斎だ。いや、今はグリフィンの書斎になったが、父の書斎だと思っていた場所で、どうして彼はこんなことをするのだろう。

彼はわたしがキスや愛撫に弱いことなんて、とっくに知っているはずだわ。それなのに、どうして……？

抵抗しようとする自分の手を、彼が封じる。両手を押さえられ、深く口づけられると、もう訳が判らなくなってきた。他のことがどうでもよくなってくるのだ。彼にもっとキスをねだり、身体に触れてほしいと哀願したくなってくる。

彼は知っているのだろうか。わたしが彼の魅力に抵抗できないことを。彼を今も愛していることを。

知っているから、身体で言うことを聞かせようとしているのかもしれない。どんなに口論し

ていようとも、シャーロットは彼を拒絶することなどできなかった。

ああ、でも、ここは寝室ではないのに……。

彼の手がためらいなく身体を撫で回している。スカートをたくし上げて、脚にも触れてきた。

「グリフィン……っ……あ……」

ドロワーズの紐《ひも》を解かれて、引き下ろされていく。

「ダメ……ダメよ、こんな……ああっ」

彼の指が秘部に触れた。たったそれだけで、熱い蜜《みつ》がとろりと溢《あふ》れ出てくるのが判った。彼もそれに気づいて、そのまま指を挿入してくる。

「なんて淫《みだ》らなんだ……君は」

彼はわざとシャーロットを辱《はずかし》める言葉を口にした。

「私だけにこんなに敏感なのか？　それとも、君は誰にでもこんなふうに反応するのか？」

シャーロットは唇を嚙《か》み締めた。

それは、わたしに対する侮辱だ。わたしの身体が彼しか知らないことは、彼だってよく判っているはずなのに。

彼は指を出し入れして、シャーロットを嬲《なぶ》っていく。

「君の中は……とても熱くて……柔らかくて……」

「あ…ぁっ……あん……」

内部を指が抉《えぐ》っていく。シャーロットの身体は完全に火がついてしまっている。次第に、こんなものでは満足できなくなってきた。

もっと……もっと欲しい。

シャーロットが欲しいのは、指なんかではなかった。グリフィン自身が欲しくてたまらなくなってくる。

彼が奥まで入ってくるあの感覚が、頭に甦《よみがえ》ってきて、どうしようもなくなってくる。身体が震えてきて、シャーロットは彼を求める言葉を口にした。

「お……お願いっ……」

「君は私が欲しくなると、急に『お願い』しだすんだな」

「だって……ああんっ……」

彼の指が敏感な突起をつついた。途端に、身体がビクンと大げさに震える。

「指だけじゃ……足りないのか？」

彼は耳元で囁《ささや》いた。彼はシャーロットの耳が弱いことも知っている。本当はもっと弱いところが、自分の身体の中にたくさんあるが、ドレスやいろんなものに阻《はば》まれて、彼は触れることができなかった。

「どうだ？　答えないのか？」

彼はシャーロットに答えを迫った。そんなことをわざわざ訊かなくても、彼は答えを知っているはずだ。今まで何度も身体を重ねてきて、彼が一番知っているはずなのだ。

それでも、彼はわたしに言わせたいんだわ。

「た、足りないわ……。あなたが……あなたが欲しいの！」

そう。わたしは彼が欲しい。

身体だけでなく、心まで満たしてほしい。抱き締めて、わたしを愛していると囁いてほしいの。

シャーロットの目に涙が滲《にじ》んだ。

自分がどれだけ彼の愛情を求めているのか、彼はきっと知らない。だから、わざわざこんな言葉を言わせるのだ。

グリフィンは指を引き抜くと、シャーロットの身体を裏返しにした。そうして、腰を高く上げさせて、後ろから貫いた。

「あぁぁあっ……！」

シャーロットは声を抑えることができなかった。

ここは寝室ではないし、誰もまだ寝静まっているわけではない。今の声は、使用人の誰かに聞かれたかもしれない。

シャーロットはギュッと奥歯を嚙み締めた。

ここは、わたしが生まれ育った屋敷なのに。

使用人だって、シャーロットが生まれる前から働いている人達も多い。それなのに、自分はかつて父の書斎だった部屋で、彼に凌辱《りょうじょく》されているのだ。

涙が零《こぼ》れ落ちていく。

彼は後ろから抱いているから、きっと自分が泣いていることにも気づかないだろう。

こんなに乱暴で性急な抱かれ方は好きじゃない。身体が彼を求めているにしろ、心はこんな行為は嫌だと叫んでいる。しかし、それでも、彼が奥の奥まで入ってくると、甘い吐息を洩《も》らしてしまった。

彼のものが自分の内部を埋めている。それも隙間《すきま》なくみっちりと埋められていると思うと、気持ちが高ぶってくる。

グリフィンはわたしが愛する人だから。

彼が動き始めると、シャーロットは自分の口を手で押さえた。声を抑えることができなかったからだ。彼のものが最奥に当たる度《たび》に、我慢できなくなってくる。

「んっ……あう……んっ……うん」

それでも洩れる声は、どうしようもなかった。彼はシャーロットの腰を抱きながら、奥へ奥へと突いてくる。

ああ、もう耐えられない！

快感がお腹の中に広がり、それが身体全体に広がっていく。指先さえも侵されていて、ギュッと拳を握り込んだ。

「もう……もうっ…あぁっ…ぁ…ん」

何もかも止められない。熱い奔流《ほんりゅう》に身を任せることしかできない。

シャーロットはぐっと身体を強張《こわば》らせて、昇りつめた。

同時に、彼が自分の奥で弾けるのが判り、シャーロットはそっと身体から力を抜く。甘い余《よ》韻《いん》に震えながらも、それに浸った。彼が愛してくれないのなら、この快感だけが自分の得られるものだからだ。

少しして、彼は溜息をついた。そして、ゆっくりと身体を離していく。シャーロットは起き上がり、乱れた衣服を直しながら、とても惨《みじ》めな気分だった。こんな場所で快感を味わわされた屈辱も感じている。

彼も自分も服を着たまま、交わってしまった。それも後ろから貫かれて、快感に酔ってしまった。シャーロットは自分が獣になったような気がしてならない。

「君と私は、こういう方法でしか判り合えないのかな」

彼はぽつんとそう呟《つぶや》いた。

その言葉が、シャーロットの胸を貫いた。それはまさに、自分が考えていることと同じだったからだ。

「そうかもしれないわ……」

シャーロットは呟き返すしかなかった。

メイヤー邸だった屋敷にやってきた翌日から、グリフィンは精力的に工場の立て直しに力を注ぐことになった。

工場の視察に行き、以前の工場長を解雇すると、新しい工場長と話し合い、工員の話も一人一人聞いた。そして、いろんなことを改善するために、朝から晩まで奔走《ほんそう》した。

シャーロットは屋敷の改装について指示を出し、工事が始まった。父は屋敷にあまりお金をかけていなかったため、ずいぶん傷んでいるところもあり、グリフィンの承諾《しょうだく》を得て、何もかも綺麗《きれい》にしていくことにした。

それでも、一旦、指示を出してしまうと、大してすることはなかった。工事の監督だけなら、他の人間でもできる。何も女主人である自分が工事をじっと見ている必要はなかった。

工場には近づくなと言われたけど……。

シャーロットはすることがないということもあり、なんとなく気になって、グリフィンが近くの街に出かけた隙に、工場を見にいった。

工場はシャーロットが生まれる前から建っており、一度も見にいったことはなかった。以前はまるっきり関心がなかったのだ。紡績《ぼうせき》工場は父の大事なものだった。しかし、父はずっと地所にいたわけではなく、ロンドンにも度々《たびたび》出かけた。自分達家族も、いつもではないが、時々、一緒にロンドンへ行き、都会の生活を楽しんだものだ。

前に、ここからロンドンに出かけたときは、まさか結婚して戻ってくるとは思わなかった。しかも、屋敷の所有者が父から夫に代わってしまうなんて。

「ああ、奥様ではありませんか！」

工場の敷地内に入って、建物を外から眺めていると、新しい工場長がシャーロットを見つけて、駆け寄ってきた。

「何か工場に御用でも？」

「いいえ、特に用事はないけど、夫がとても熱心に工場を立て直そうとしているから、どうなったのかしらと思って」

「もう、ずいぶん変わりましたよ」

工場長は嬉しそうに笑って、説明した。

「伯爵様はここで働く工員のことをよく考えてくださって、深夜に至るまでの長時間の勤務体制をやめて、新しい勤務体制をつくってくださいました。作業時間は短くなったのですが、その分、能率が上がって、以前よりずっとよくなっています。工場で怪我《けが》する者も減りました」

以前の工場長は工員に威張り散らした上に、賃金をごまかして着服していたので、解雇されたのだ。他にも不正があったかもしれないが、帳簿《ちょうぼ》からは証拠が見つからなかったらしい。今の工場長は、工員からの推薦《すいせん》で決まったらしく、工員の味方のようだった。

「わたし、以前はあまり工場には興味がなくて……。いろいろ大変だったんでしょう?」

「いえ……その……工場というのは、どこへ行ってもあんなものですよ。ここだけが特別じゃない。もっとひどいところだって、あるでしょう。工員は生活のために必死で働かなくてはならないのに、それにつけ込んで、長時間働かせたり、危険な仕事をさせる。まるで奴隷《どれい》みたいな扱いで、賃金は少ししかもらえないんです」

父の管理下にあった工場もそんなふうだったに違いない。今までそれを知らずに、そこで儲《もう》けたお金で自分達はのんびり暮らしていたのだと思うと、シャーロットは恥ずかしくて仕方がなかった。多くの人を犠牲にして、自分達の華やかな生活は成り立っていたのだ。

それが当時は当たり前だと思っていた。工場がまさかそんなふうに人を奴隷扱いするところだったなんて、考えもしなかったのだ。

「グリフィンが工場主になってから、それが改善されたのね? 工員はどんな反応をしているのかしら」

「そりゃあ、喜んでいますよ。信じられないと思っている者もいますが。工員の家もずいぶん手を入れていただいて、衛生的になりました。これで病気になる者も減るでしょう」

「子供も働いていると聞いたけど……?」

工場長はふと眉をひそめた。

「子供は楽な作業のところに配置することになりました。子供でも働かなくちゃいけない家もありますしね」

そんな生活を、シャーロットは想像もできなかった。子供を働きに出さなくてはならないなんて、気の毒だった。

シャーロットは工場を見学した後、工員が集まって暮らしている家を見て回った。近くの村から働きに来ている者もいるが、遠くから来た者のために、父はこうして家を用意したのだが、ここもあまりいい環境ではなかったのだ。だが、今はずいぶん改善されているように見受けられた。

家族で住んでいる者は小さいながらも家を与えてもらっていたが、そうでない者は寄宿舎のように一軒に何人も住んでいた。そこも以前は劣悪な環境で、病気になっても、誰も面倒を見てくれなかったという。

グリフィンの母も、こういったところで暮らしていたのだろう。そう思うと、やはり父が彼の母親を殺したようなものだし、グリフィンがあれほど復讐《ふくしゅう》に燃えたのも判る気がする。復讐だけでなく、彼はこうしてこの工場で働く人達を助けることに執心している。

シャーロットはふと小さな子供が数人集まって、遊んでいる姿に目を細めた。ニックやルビーを思い出したからだ。もっとも、ニックくらいの年齢の子供は、ここではみんな働き始めている。遊んでいるのは、ルビーくらいの年齢の小さな子供ばかりだ。そして、彼らの面倒を見ているのは、赤ん坊を抱えている母親だった。とはいえ、赤ん坊に手がかかって、子供達の面倒を見きれてないようだ。

この子達のために、何かできるといいんだけど。

弟妹と同じ年齢くらいの子供達が働いたり、放置されているのを放っておくわけにはいかない。専門の乳母のような女性を雇えば、小さい子供達の問題はすぐに解決する。しかし、働く子供については、生活のためだから仕方がないのだ。

シャーロットはいろいろ考えながら、案内してくれた工場長に別れを告げ、今度は近くの村へ出かけた。この村には工員が多く住んでいる。そのせいもあるのか、店も多く、シャーロットも結婚前はよく遊びに来ていた。

結婚してから訪れたのは初めてだ。シャーロットは少し懐かしい想いを抱いて、雑貨店に立ち寄った。あれこれ小物を見ていると、不意に声をかけられた。

「シャーロットじゃないか！」

振り向くと、そこには幼馴染《おさななじみ》のフィリップ・ブロズナンがいた。金髪で青い瞳の若者で、背が高い。年齢はシャーロットより三つ年上なのだが、なんとなく頼りなくて、友人というよりは弟のように思ってきた。

「フィリップ！　久しぶりねえ」

シャーロットは再会を喜んだ。

彼の家はメイヤー家の隣の地所を所有していて、彼の父とシャーロットの父との間には交流があった。その関係で、フィリップとも幼い頃からよく知っている。前に彼と会ったのは、彼の家で開かれた舞踏会に出席したときだ。彼はシャーロットのダンスの練習相手に、何度かなったことがあり、さんざん足を踏まれたのだ。

「君が結婚したって聞いたんだけど、本当かい?」

フィリップはシャーロットをじろじろ見た。シャーロットの格好は娘時代とはまったく変わっていない。『奥様』になったなんて、彼にはあまり信じられないだろう。

「わたし、これでも伯爵夫人なのよ」

笑いながら言ったら、彼は冗談だと思ったらしい。

「君が伯爵夫人だって? 嘘言うんじゃないよ。君のお父さんのことだから、裕福な男と結婚させたんだろうけどさ。本当はどんな奴と結婚したんだい?」

彼が信じてないのがおかしくて、くすくす笑いながら説明した。

「本当なのよ。わたしの夫はフォーラン伯爵っていうのよ。実業家でもあるの」

「実業家かあ……。それなら、心強いね」

何故だかフィリップの顔が曇ったのを見て、シャーロットはふと心配になった。彼には何か悩みがあるかもしれないと思ったのだ。

「せっかくだから、うちに来ない? お茶を飲みながら話しましょうよ」

「え、話したいことはあるんだけど……いいのかなあ。その伯爵様は家にいるのかい？」

「街に出かけていて、今はいないわよ。でも、あなたは昔からのお友達だもの。別に構わないわよ」

二人とも、買い物を済ませてから、店の外に出た。シャーロットは御者を待たせていたが、彼は馬で来ていた。彼がシャーロットの馬車に並走する形で、二人はかつてメイヤー邸だった屋敷に向かう。

「何か工事しているね？　改装中なのかな？」

屋敷に着くと、中の物音を聞いて、彼は尋ねてきた。

「ええ。古くなっていたけど、父がそのままにしていたのよ。グリフィンが……あ、夫はグリフィンっていうんだけど、彼が改装するついでに傷んでいるところの修復を頼んだの」

「……この屋敷は君達が住むことになったのかい？　お父さん達は？」

「そのことも、ゆっくり話しましょう。いろいろ事情があるのよ」

思えば、シャーロットはこの近辺には古い友人が何人もいたが、ロンドンには社交界にデビューしてからの友人しかいなかった。だから、あんなふうに、スキャンダルが起こったら、みんなが友人でないふりをしたのだ。そして、シャーロットには相談する人が一人もいなかった。けれども、ここなら、何人も親しい友人がいる。みんな、子供の頃からの付き合いのある人達ばかりだ。彼らなら、何か起こったとしても、いきなり自分に背を向けたりしないだろう。

やはり、友人は大切にしなくてはいけない。しみじみ、シャーロットはそう思った。

シャーロットは客間に彼を招いて、紅茶とクッキーを出した。そして、自分が結婚した経緯を話した。もっとも、自分とグリフィンが宿屋でしたことについては、適当にごまかした。さすがにそこまで男友達には聞かせられない。

「復讐のために結婚までする男なんだ？　信じられないな。いや、それはもちろん僕の考え方だから、君の夫はそういうことをするのかもしれないが……。だって、結婚は一生のことだ。そりゃあ、死に別れて何度もする人がいるけど、それは特別な例だし、だったら、相手はよく吟味《ぎんみ》しないと……。復讐なんかで妻を選びたくはないな、僕は」

「そうね……。でも、グリフィンは父に復讐するのが生き甲斐《がい》だったみたいなの。挙句《あげく》に、父を破産させて、すべてを奪い取ったんだもの」

「ずいぶん執念深い人なんだね。君、大丈夫なのかい？」

心配そうに尋ねられて、シャーロットは目をしばたたいた。

「大丈夫って何が？」

「暴力をふるわれるとか、身の危険を感じるとか」

「それはないわ。彼は優しいときもあるし、冷たいときもあるけど、肉体上の危険はないわ」

ベッドでいつも陥落させられている話は、男友達に相談しづらい。いや、女友達相手でも、言いにくいだろう。

「それより、わたし、あなたのことが心配なんだけど。何か悩みがあるんじゃない？」

ズバリ訊いてしまうと、フィリップは顔を赤らめた。

「君にはなんでも判ってしまうんだな。まるで、心配性の姉さんみたいだよ」

「ええ、わたしはあなたのお節介《せつかい》なお姉さんみたいなものよ。もし何か困っていることがあったら、言ってごらんなさいよ。わたしだって、役に立つかもしれないわよ」

フィリップは諦めたような顔で、首を振った。

「気持ちは嬉しいけどね。君には無理だよ」

「でも、愚痴《ぐち》なら聞くわよ」

彼は溜息をついた。

「どうでも聞き出すつもりなんだな。……判ったよ。僕は最近になってある人に恋をしたんだ」

「まあ、素敵ね！　相手は誰？」

「ハリエットさ。ハリエット・ホートン」

ハリエットはやはりこの近辺に住んでいる令嬢だ。シャーロットのひとつ年下で、友人でもある。父親が商人で、かなり裕福だ。父親は娘を貴族と結婚させたいのだという噂《うわさ》を聞いたことがあった。

「ハリエットは綺麗《きれい》になったものね……。でも、彼女を溺愛《できあい》するお父さんがいるから……」

「そうなんだ。結婚は難しい。判っているんだ。実は……気がついていたかどうか知らないけど、我が家は昔に比べると没落していてね。今時、地所経営だけじゃやっていけない。何か事業を始めるべきだと思うけど、開業のための資金もない。こんな懐《ふところ》事情じゃ、ハリエットのお父さんに相手にされるわけもないし、逆に持参金目当てだと誤解されかねない。彼女が社交界にデビューする前にプロポーズしたいけど……」

シャーロットは彼に同情した。ハリエットの父親は娘の幸せのためなら、なんでもするが、そうでない場合にはとことん冷淡になれるのだ。

「ハリエット自身はどうなの？　あなたに気があるの？」

「彼女は……」

フィリップはそう言ってから、頬《ほお》をうっすら赤らめた。

「彼女もあなたのことが好きなの？」

「実は、こっそり付き合っているんだ。でも、ばれたら、二人の間は引き裂かれるだろう。シャーロット、僕はどうすればいいんだろうか」

「フィリップ！　諦めてはいけないわ！」

シャーロットは思わず彼の手を取って、両手で握り締めた。

「ね？　落ち着いて。やけになってはいけないわよ。諦めなければ、必ずチャンスはあるわ。絶対だから。わたしの言うことを信じて」

目を見ながら、すっかり弱気になっている彼を励《はげ》ました。

「そうだね……。君のことはいつだって信じているよ」

「ありがとう」

シャーロットはにっこり微笑《ほほえ》んだ。すると、彼も微笑みを返す。そんな二人の和《なご》んだやり取りを、誰かがこっそり見ているとは、シャーロットは夢にも思わなかった。

「……私の妻に何をしている？」

不意に声をかけられて、シャーロットはビクッとして、フィリップの手を離した。開け放していた扉の向こうにグリフィンが立っている。いつの間に、帰ってきていたのだろう。話に夢中になって気づかなかった。

彼のことをさんざんフィリップに話していたのだが、どこから聞いていたのだろうか。シャーロットは顔を赤らめて、グリフィンを見た。彼は怒りの眼差《まなざ》しを、自分とフィリップに向けている。

「グリフィン、帰っていたのね。紹介するわ。彼はフィリップ・ブロズナン。わたしの幼馴染なのよ」

彼の険悪な眼差しはフィリップに向けられた。

フィリップは立ち上がり、グリフィンに歩み寄り、手を差し出した。

「ブロズナンです。村で偶然シャーロットと会って、お茶に誘われたので、昔話をしていたんです。シャーロットとご結婚されたそうで、おめでとうございます」

グリフィンはフィリップの手を握り、握手をしたものの、強張《こわば》った顔のままだった。にこりともしないその態度に、シャーロットはムッとした。フィリップは自分の大事な友人の一人だからだ。

フィリップはグリフィンの機嫌の悪さを感じたためか、ばつが悪そうにしている。振り返ってシャーロットに暇を告げた。

「それじゃ、僕はもう帰るよ。懐かしい話ができて楽しかった」

「ええ、わたしもよ」

シャーロットは玄関までついていって、フィリップを見送った。せっかく彼が悩みを話してくれたというのに、話の途中で帰っていったことを心苦しく思った。もっと、いろんなアドバイスをしてあげたかったのに。

フィリップが帰ると、シャーロットはグリフィンを探した。彼はまだ客間にいて、窓から外を眺めていた。

「グリフィン、ひどいわ。わたしの幼馴染を脅《おど》かすなんて」

彼は振り向いたが、まだ不機嫌な様子だった。

「何がひどいんだ？　帰ってみたら、見知らぬ男がいて、自分の妻と二人きりで手を握り合って、微笑《ほほえ》み合っていたんだ。君こそ、夫の留守中にひどいと思わないか？」

「だから、フィリップは幼馴染なの。手を握り合っていたのは、彼を励ましている最中だったからよ。彼の悩みを聞き出して、これからアドバイスするってところだったのに」

彼は肩をすくめた。

「君が悪いと思ってないんだったら、私はもう何も言うことはない」

「二人きりって言うけど、扉は開けていたわよ。わたしが一体、何をしたって言うの？」

彼はまるで嫉妬《しっと》しているみたいだ。けれども、愛してもいないのに、嫉妬なんてするだろうか。いや、一応、妻という立場の人間が、他の男と仲良くしていたところが気に食わないのかもしれない。

彼がこんなに子供っぽい真似《まね》をするとは思わなかったわ！

シャーロットは彼の意外な一面を見たような気がした。

「それより、工場のことで話があるんだけど」

「工場だって？　まさか、君は工場に行ったんじゃないだろうな？」

鋭い目つきで睨《にら》まれて、シャーロットは工場に行かないように言われたことを思い出した。だが、行ってないと嘘をついたところで、きっと工場長から話が伝わってくるに違いない。

「わたしは行きたいと思ったところに行くわ」

謝ったところで許してくれそうになかったので、シャーロットは開き直った。

「私は君の安全を考えて……」

「でも、危険なことは何もなかったわ。あなたがとても工員のことを考えて、改善に取り組んだのが判った」

「それで、君がとても感心したって話か？」

グリフィンは馬鹿にしたような口調で言った。彼がどうして今日はそんなに突っかかってくるのか判らない。もしかしたら、出かけた先で何か起こって、不機嫌なのだろうか。

「そうじゃなくて……。わたしが言いたいのは、子供達のことなの」

「子供達？」

彼は刺々《とげとげ》しかった口調を変えて、こちらに近づいてきた。シャーロットは彼が態度を改めてくれたのが嬉しかった。やはり彼は子供好きなのだと思うと、胸の中が温かくなってくる。

彼がニックやルビーにとても優しかったことを思い出して、話を続けた。

「工場で働く人の小さな子供達が、家の周りで遊んでいたのよ。その子達の母親も工場で働いているから、赤ちゃんを抱えてるお母さんが面倒を見ていたわ。だけど、わたしもニックやルビーの面倒をちょっと見ていたから判るけど、小さな子って何をするか判らないでしょう？赤ちゃんを抱えてるお母さんでは手が行き届かないかもしれないし、もし乳母みたいな人があそこに一人でもいてくれたら、もっとみんなが安心して工場で働けるんじゃないかしらって」

グリフィンにまじまじと顔を見つめられて、シャーロットは居心地が悪くなった。

「なるほど……。乳母か。そういったことは考えたことがなかったな」

「もちろん、工場を改善するといっても、いろいろお金がかかるだろうし、そこまで手が回らないかもしれないけど」

「いや……。幼い子供がほったらかしで、もし事故でも起こったら……」

シャーロットはそういったことを想像してしまい、ブルッと身体を震わせた。

「いやだわ、子供が一人でもそういった犠牲になるのは」

「そうだな。私は母のことがあって、できるだけ誰も死なせたくないんだ。病気でも、もちろん事故でも。国中の工場をそんなふうに改善できるわけじゃないが、あの工場だけは……」

シャーロットは頷《うなず》いた。

「判るわ。お母さんのためよね」

彼は母親を工場に殺されたと思っているのだ。実際、グリフィンが改善する前の工場は、待遇がひどかったらしい。

「働いている工員はもちろんだけど、その子達も成長したら、工場で働いてくれるでしょう?」

「そういう考え方もあるな」

「それと、今、工場で働いている子供達にいろんなことを教えてあげられないかしらって、思うのよ」

「いろんなこととは?」

「文字の読み書きや計算よ。今まで子供も長時間働かされて、そんなことを覚える余裕もなかったと思うの。でも、覚えておいたほうが絶対にいいわ。それで……わたしも何かお手伝いできないかしらって思うんだけど」

　グリフィンが驚いたようにシャーロットの顔を見つめてきた。

「君が？　子供達に教えるのか？」

「だって、屋敷の改装の指示も終えたし、あなたが仕事をしている間、とても暇だもの。それに、わたしが教えようとしているのはラテン語やフランス語なんかじゃなく、普通に文字の読み書きなのよ。それくらいは教えられるわ」

　シャーロットはグリフィンが工場を改善しようとしているなら、自分もその手伝いをしたかった。目標を同じにしたかったのだ。そうしたら、少しでも彼の気持ちが判るかもしれないと思ったからだ。

「参ったな……。君は子供が好きなんだね」

「ええ」

　確かに子供は好きだが、それ以上にグリフィンのことが好きだからだ。もっとも、それを口に出す気はない。彼に愛されていないのに、自分だけが告白したら憐《あわ》れまれるだけだ。

「そのことは子供達やその親にも訊いてみよう。それがいいとなったら、君に手伝いを頼むことにするから」

　彼が自分の提案を受け入れてくれたことが嬉しかった。やっと彼と対等な人間であることが示せたような気がして、それも嬉しい。彼はいつもシャーロットを何もできない愚かな子供のように扱っていたからだ。

「ありがとう！」

シャーロットはグリフィンに抱きついて、頰《ほお》にキスをした。キスをされた彼はニヤリと笑った。

「君が幼馴染と楽しそうにしていたのは気に食わなかったが、こういった感謝をされるなら、悪くはないな」

「言っておくけど、フィリップは単なる友人よ」

「判った。信じよう」

彼はすっかり機嫌を直しているようで、シャーロットの腰を抱き寄せて、頰にキスをしてくる。

「も……ダメよ。まだ昼間じゃないの」

「頰にキスしているだけだ。唇じゃない。君はちょっと敏感すぎるんじゃないか？」

そう言いながら、唇にも軽くキスをしてくる。からかわれているみたいだが、不機嫌で刺々《とげとげ》しいことを言ってくる彼より、ずっと扱いやすいのは確かだ。

それに、彼の腕の中にいると、とても安らぐ。ここが自分の居場所だという気がしてくるのだ。

愛されなくても、こういう方法で彼に近づく方法はある。シャーロットは彼と同じ方向を向いて、一緒に歩いて行けたらいいと願っていた。

グリフィンが工場長とも検討《けんとう》して、いいと言ってくれたから、シャーロットは毎日のように工場に通った。

工場長室を一時間だけ借りて、そこで希望する子供に読み書きと計算を少しずつ教えた。中には大人も交じっていたが、なるべく判りやすいように工夫《くふう》して、覚えてもらうように努力を続けた。そのうちに、学習室のようなものをグリフィンが設けてくれるそうだ。

小さな子供達の件も、村から面倒を見てくれる人を雇ってくれた。工場を改善する策について、近隣の上流階級の人々から辛辣《しんらつ》なことを言われているらしいが、グリフィンの目的は生産性を上げるためではなく、みんなが彼の母親のように過労で死んだりしないようにするためなのだ。彼はわざわざそのことを話して回ったりしないので、余計に愚か者扱いをされているようだった。

父が可哀想《かわいそう》だと言う人もいたらしい。工場を手放すことになったのは、父自身の責任なのに。グリフィンと結婚したシャーロットの悪口も広がっていた。例のスキャンダルの話を知った人がいて、そういった噂《うわさ》も振りまかれているらしかった。

とはいえ、悪意の噂を除いて、シャーロットは幸せな毎日を送っていた。

グリフィンが最近とても優しいからだ。あれからフィリップがやってこないせいか、機嫌がとてもいい。彼が優しくなれば、二人の仲は上手くいく。シャーロットの側から喧嘩《けんか》を吹っ掛けるようなことは何もないからだ。

屋敷の改装も終わり、かつて古ぼけたところに味があると思われたメイヤー邸もすっかり生まれ変わったようだった。外壁の崩れたところを修復し、壁紙を貼り替え、家具や絨毯《じゅうたん》やカーテンも入れ替えた。

屋敷を一新したところで、近隣の上流階級の人々を招いて、舞踏会を開くことにした。工場のことで対立しているから、少しでもグリフィンの力になりたかったからだ。舞踏会で顔を合わせれば、彼らの怒りが解けるではないかと期待している。

両親がいるときに、たまに開いていた舞踏会だが、シャーロットには細かいところが判らなかった。とはいえ、なんとか飾りつけができて、料理のメニューについても打ち合わせが終わり、舞踏会当日がやってきた。

ところが、上流階級の人々はあまり集まらなかった。やはり工場のことが原因らしい。グリフィンの工場だといっても、同じような工場はたくさんある。ここがよくなれば、他の工場で働く人達から文句が出るようになって、工場主が困るからだという。

だとしたら、工員は劣悪な環境でどうなろうが、工場主は関係ないということだろうか。シャーロットもグリフィンに指摘されるまで、工場のことを気にしたことはなかった。父の仕事に興味がなかったにしろ、今まで無関心でいたことが恥ずかしいと思った。

もちろん、できる限りのことはしたとしても、すべての人を幸せにはできない。他の工場で必ず同じようにしなければならないというつもりはないし、自分達がそんなことを強制できる立場にはないことも判っている。

それでも、近隣の上流階級の人々は、自分達を仲間外れにしようとしているようだった。それはそれで仕方ないと、グリフィンは肩をすくめた。彼は元々、社交界にも顔を出してはいなかったし、そういう集まり自体が大して好きではないのだろう。

とはいえ、舞踏会に来てくれた人達に、シャーロットは愛嬌を振りまいた。フィリップも来てくれて、グリフィンは眉《まゆ》をひそめたものの、シャーロットは嬉しくてならなかった。幼馴染にも背を向けられたら、おしまいだからだ。

グリフィンはここで育ったわけではないから、そういった地域の繋《つな》がりなど気にしないのだろうが、自分はこの土地で育ってきた。昔からの友人は大事にしたい。

「フィリップ、ハリエットもそのご両親も見えているわ」

シャーロットはハリエットだけでなく、ホーソン夫妻とも面識があった。彼らも父の古い知り合いだったからだ。だが、親しい友人というわけではないし、彼らは商売をしているので、孤立している自分達のところに来てくれるとは思わなかった。

フィリップはにやりと笑った。

「ハリエットのご両親はとても公平な見方をする人達なんだ」

「そうなのね……。今夜はお客様も少ないし、よかったらハリエットのご両親とゆっくり話をしたらいいわ。あなたがハリエットの持参金目当てではないというところを見せるのよ」

「でも、どうやって……？」

「正直な気持ちを話すのがいいんじゃないかしら。公平な見方をする人なら、きっと判ってくれるわよ」

　フィリップは迷っていたようだが、やがて頷いた。

「そうだな。ハリエットといつまでもこそこそとした付き合いをしたくない。僕は今、大した仕事はできていないかもしれないが、もう少し待っていてほしいと言うことはできる」

「そうよ！　その調子！」

「ありがとう、シャーロット」

　彼はシャーロットに笑いかけると、愛《いと》しの恋人とその両親のいるところへと向かっていった。その後ろ姿を見送っていたシャーロットだったが、ふと視線を感じて振り向いた。すると、鋭い目つきのグリフィンがいて、ぞっとした。

　一瞬、彼に言い訳をしようかと思ったが、自分は別に何も悪いことはしていない。二人きりで話していたわけでもないし、話の内容も秘密めいたことではないのだ。そもそも、フィリップと自分の仲は、単なる友人関係でしかない。シャーロットにとって、彼は弟のようなものなのだ。

シャーロットはグリフィンを無視して、客に話しかけて回った。内気な性格は、ここでは封印しておく。今、自分がすべきことはこれだと思っていたからだ。

やがて、客が帰っていく。舞踏会としてはあまり盛り上がらなかったが、その代わり、ゆっくり話ができたと言ってもらった。懇親会《こんしんかい》のような役目を果たしたのだから、これはこれで成功だったに違いない。

フィリップも、ハリエットの両親としっかり話ができたようで、彼らも穏やかな表情で帰っていった。

ただ、一人、グリフィンだけが不機嫌なようだったが。

客の前で隠していても、シャーロットには判る。いくら笑顔でも、眼差《まなざ》しが鋭くて、それがいつも自分に向けられていることをずっと感じていた。

最後の客が帰るなり、グリフィンは文句を言い出した。

「どうして、ブロズナンを招待した？」

「彼はわたし達のすぐお隣の土地に住んでいる人よ？　招待するのは当然じゃないの」

「君はあいつと親しげだったな？」

シャーロットは人差し指を唇に当てた。

「大きな声を出さないで。二人きりじゃないんだから」

彼はやはり嫉妬《しっと》しているのだろうか。他にも客はいたのに、何故だかフィリップだけが気に食わないようだ。しかし、彼だって、いろんな女性客と親しげに話していたのだ。自分がフィリップと少しくらい話していたからといって、非難される筋合いはなかった。

舞踏室では、グラスなどの後片付けを使用人がしている。グリフィンは彼らに声をかけた。

「もう遅い時間から、適当なところで終わらせて、後は明日すればいい。みんな、ご苦労だった」

その声を聞いて、すでに疲れ切っていた彼らは仕事を終わらせて、引き上げていく。

グリフィンはシャーロットの腕を摑《つか》んだ。

「さあ、君も部屋に行くんだ」

「そんなに引っ張らなくても行けるわ」

シャーロットは抗議したが、彼の耳にはろくに入っていないようだった。それほど、フィリップが嫌いなのだろうか。

改装を終えたばかりの主寝室に入り、グリフィンは鍵《かぎ》をかけた。いや、いつもグリフィンは鍵をかけるが、今日に限って、それが不吉なことに思えるのは何故なのだろう。

ランプを灯すと、温かな光が寝室をほのかに照らした。舞踏室にはシャンデリアがあり、たくさんのキャンドルを灯していたから、とても明るかったが、それに比べると、ランプの光は頼りなく感じる。

「それで、あいつと何を話していたんだ？　きちんと説明するんだ」

そんな横柄《おうへい》な訊き方をされて、シャーロットはムッとした。どうして、こんなふうに頭ごなしに命令されなくてはいけないのだろうか。

「大した話じゃないわ」

シャーロットはツンと横を向いた。

「言えないような話なのか？」

言えないというわけでもないが、ハリエットのことはフィリップが友人だから話してくれたことだ。夫婦といえども、フィリップの秘密を彼に打ち明けるわけにはいかない。

「だから、大した話じゃないの。あなたには関係ないし、聞いたところで、どうってことないようなことなのよ。どうして、そんなことが知りたいの？」

嫉妬しているなら、そう言ってほしい。そうしたら、少しくらい愛されているような気がしてくるから。

しかし、彼はただ怖い顔をして、詰問《きつもん》してくるだけだ。

「自分の妻が特別な関心を抱いている相手と話をしていたんだ。夫として訊く権利がある」

「特別な……関心？」

シャーロットは眉《まゆ》をひそめた。

「君とあいつは結婚するんじゃないかと噂されたほど、仲がよかったそうじゃないか」

「まあ……結婚？　いいえ、そんなことはないわ」

「あの男が裕福なら、君のお父さんは間違いなく君を嫁《とつ》がせただろうとも言われていた」

そんな話は聞いたことがない。実際には、フィリップの家は没落しているので、確かめようがないが、少なくとも自分とフィリップの間には何もなかった。

「とにかく、フィリップはただの友人なのよ。幼馴染《おさななじみ》だから、お互いのことはよく知っているけど、それだけだし」

「『それだけ』だって？　気に食わないな」

「何が気に食わないっていうの？」

シャーロットは彼のしつこさに参っていた。本当に大してことではないのに、どうしてそんなに食い下がってくるのか、さっぱり判らなかった。

「私と君は夫婦なのに、互いのことをよく知らない。それなのに、君と他人のブロズナンが親しいのは、どういうわけなんだ？」

「でも……仕方ないでしょう？　今更、彼のことを知らない人みたいには思えないし、そんなふうに接したら、失礼だわ。舞踏会に来てくれた人達は少ないのよ？　フィリップはいい人だから、あなたももっと彼と話してみるといいんだわ」

恐らく、話したことがないから、グリフィンは変な妄想《もうそう》を抱いているのだ。彼と落ち着いて話をすれば、グリフィンもフィリップと友人になれるかもしれない。

「誰が話したりするか！　あんな軟弱そうな若者となんか」

「フィリップは軟弱者《かば》じゃないわよ！」

「君が彼のことを庇うのが気に入らないんだ」

シャーロットは憤然《ふんぜん》として彼を睨みつけた。まったく話が噛《か》み合わない。どうして、彼はこんなにフィリップに関しては頑固なのだろう。

「嫉妬でもしているの？」

そんなふうに訊いたのが間違いだったのかもしれない。グリフィンはたちまち冷たい表情に変わった。

「嫉妬？　馬鹿なことを言うな。私は君に自分の立場を考えろと言っているだけだ。結婚した理由はともかくとして、君は現実には伯爵夫人なんだから」

結婚した理由はともかくとして……。

そうよね。嫉妬なんかじゃないわよね。愛情がなければ、嫉妬なんてするはずがないもの。

「判ったわ。自分の立場が大事なのね。伯爵夫人らしく振る舞えばいいんでしょう？　あなたに恥《はじ》をかかせるなってことよね？」

一瞬、彼は押し黙ったが、ゆっくり口を開いた。

「……そうだ」

彼はそう言うなり、踵《きびす》を返して、寝室を出ていってしまった。

シャーロットは溜息をついて、ふらふらとベッドに腰掛けた。彼の言いなりになったというのに、彼は何が不満なのだろう。こちらのほうが傷ついたのだが、彼のほうがまるで傷つけられたような顔をしていた。

結局のところ、何度ベッドを共にしても、彼の考えていることは、シャーロットには理解できなかった。

わたし、どうすればいいの？

彼に近づこうと、たくさん努力したというのに、それでも認めてもらえないなんて。

シャーロットは途方に暮れていた。

シャーロットは小間使いを呼んで、寝支度《ねじたく》をしたが、それでもグリフィンは寝室に戻ってこなかった。そして、翌朝、目が覚めたときにも、彼は横にいなかった。ベッドには寝た形跡もない。一体、彼はどこへ行ったのだろう。

朝食室にも彼は現れなかった。執事に尋ねると、朝早く乗馬に出かけたという。屋敷で彼の帰りを待っているのが嫌で、シャーロットは散歩に出かけた。散歩しているときに、さり気なく会えたら、昨夜のことなど気にせずに話ができるような気がしたからだ。

しかし、彼はどうして寝室に戻ってこなかったのだろうか。どこで寝たのか、執事に訊きたかったが、夫に見捨てられたと思われたくなくて、黙っていた。執事が主寝室で寝たと思っているなら、わざわざ自分で否定することはないと思ったのだ。

しばらく歩くと、馬の足音が聞こえてきた。はっと顔を上げた。が、グリフィンの馬でないことはすぐに判った。

「フィリップ！　どうしたの？」

彼はひらりと馬から降りた。グリフィンとは対照的に、とても嬉しそうにしている。

「本当は昨夜、君に話したかったけど、もう時間が遅かったから……」

「ハリエットのご両親のこと？」

「ああ、そうだ」

フィリップは満面に笑みを浮かべている。これはいい知らせに違いない。

「誠心誠意、話をしたんだ。自分の状況からハリエットへの気持ちもすべて包み隠さず話した。そうしたら、ご両親は理解してくれて、ハリエットにプロポーズするのを許してくれた」

「まあ！　プロポーズ！」

シャーロットは自分のことのように嬉しくて、思わず大きな声を出してしまった。

「もちろん、ハリエットはOKしてくれるはずだけど、指輪を用意して、改めてプロポーズをするつもりだ。このことは、君に一番に知らせたくて……本当にありがとう！」

「ああ……おめでとう、フィリップ！」

シャーロットは嬉しくて、彼に抱きつき、その頬《ほお》にキスをした。二人は微笑《ほほえ》み合い、身体を離したものの、両手をしっかりと握り合った。

「何もかも君のおかげだ。君がああ言ってくれなかったら、僕はずっとうじうじ悩んでばかりいたと思う。そして、ハリエットからも愛想を尽かされたに決まってる」

「そんなことないわ。わたしが言わなくても、あなたは自分で気づいたはず。わたしはちょっとばかり、あなたの背中を押しただけよ。ご両親が認めてくださったのも、あなたの誠意が通じたからなんだもの」

シャーロットはこれほど愛されているハリエットが羨《うらや》ましかった。グリフィンもプロポーズにこんな熱意を込めてくれたなら、よかったのに。現実には、プロポーズというより、脅迫めいたものだった。彼と結婚してよかったとは思っているが、それでもあんなプロポーズは惨《みじ》めだった。

「それで、結婚式はいつなの？」

「ハリエットはまだ若いからね。一年か二年は待つことになると思う。その間に、僕は彼女を養っていけるだけのものを身に着けなくては。ハリエットのご両親は彼女の夫となる男に、自分達の商売を継いでほしいと思っているから、その話を受けようかと思っているんだ」

「でも、あなたのご両親は？　なんと、おっしゃっているの？」

フィリップはにっこりと笑った。

「もちろん、異存はないそうだ。このままじゃ、没落していく一方だからね。屋敷だって、金がなければ維持できないから」

「そうね……」

世の中は驚くほど変化していっている。今までのやり方では、どんなに由緒《ゆいしょ》正しい大貴族も、土地や屋敷を手放す羽目になるだろう。そうならないためには、時流を読まなければならない。

「君のご主人がしていることは正しいと思うよ。工場で働く人々が死に至るような労働環境をつくっていたら、早晩、それはダメになる。時代は変わるんだよ、これからは」

シャーロットはフィリップに力強く断言されて、嬉しかった。自分の考えも彼と同じだったが、それを認めない人達はまだたくさんいるのだ。

「フィリップ、これから大変だけど頑張ってね！　そして、幸せになって」

「ああ、君も。僕の可愛い妹には、いつも幸せになってもらいたいと思っているよ」

彼はわたしのことを妹のように思っていたんだわ。わたしは彼のことを弟のように思っていたのに。

おかしくて噴き出しそうだったが、我慢した。彼は馬に飛び乗り、手を振って、また去っていった。きっと婚約指輪を買いにいくのだろう。そして、ハリエットと婚約し、数年後に結婚するのだ。

シャーロットは彼の幸せを願いながら、屋敷に戻ろうとして、はっと足を止める。

ここから少し離れている厩舎《きゅうしゃ》の前で、乗馬服姿のグリフィンがこちらを見て、馬の横に立っていた。彼に見られていたとは知らなかったが、どうやらまだ彼は怒っているようで、こちらを睨みつけている。

フィリップと話していたからだろうか。だが、今は舞踏会ではない。話していたところを見ていたのは、グリフィンと馬ぐらいのものだ。伯爵夫人として恥ずかしい場面でもなんでもなかった。

それとも、やはりグリフィンはフィリップが嫌いなのだろうか。

疑問に思いながらも、シャーロットは彼がいる厩舎の前へと向かった。素知らぬふりをしたいが、どうせ何か言われるなら、さっさと言われたほうがいい。

彼は厩舎の前でまだ馬の手綱《たづな》を持ったまま立っていた。怒りの形相《ぎょうそう》で。

「君は私の忠告を守らなかった」

「昨日の文句は、忠告だったの？　でも、フィリップはおめでたい話をしに来ただけなのよ。実は……」

フィリップの婚約は秘密でもなんでもなくなる。話してもいいと思ったから、グリフィンにも知らせてやろうとしたのだが、彼はそれを遮《さえぎ》った。

「もういい。聞きたくない。君はここから出ていくんだ」

「えっ……。何を言ってるの？」

「君は他の男に身を投げだして、キスをしていた。そんな伯爵夫人なんて、私には必要ではない」

シャーロットは唖然《あぜん》として、一瞬ものが言えなかった。さっきのキスが見られていたとは思わなかった。しかし、そんな大層なキスではないことは、見ていたら判るはずだ。

それでも、彼はあの抱擁《ほうよう》やキスが、伯爵夫人としてふさわしくないと考えたの？

「説明させて……」

「いや、説明なんてしなくていい。とにかく、出ていってくれ。私の目に入らないところなら、どこへでも行くといい」

「グリフィン！」

「馬車は使っていい。私が戻ってくる前に出ていけ」

彼は馬に乗ると、冷ややかな目でシャーロットを見下ろしてきた。

こんな凍るような眼差しで見られたら、もう何も言えなくなる。シャーロットは胸の奥まで冷たくなってしまった。

ああ、わたし、とうとう彼に追い出されてしまうのね……。

彼は馬で走り去っていく。シャーロットはその後ろ姿を見ながら、しばらく身じろぎもしなかった。不思議と涙が出てこない。ただ、空虚な気持ちだった。

最後まで、わたしは彼の気持ちが理解できなかった。どんなに努力をしても、彼に愛してもらうこともできなかった。

わたしは一体どこへ行けばいいの……？

きっと、グリフィンの母親も同じような気持ちだったはずだ。ただし、シャーロットには置いていく子供がいない。

それだけが救いだったかもしれない。

第六章
告白した二人

シャーロットは荷物をまとめて、ロンドンへ旅立った。

生まれ育った屋敷を追い出された自分が戻るところは、ただひとつ。継母《ままはは》や弟妹がいるロンドンの屋敷しかなかった。あそこもグリフィンのものだが、彼の目に入らないところならどこでもいいはずだ。

彼のロンドンの屋敷や別荘に行くという手もあったが、グリフィンのことばかり思い出してしまってつらい。特に、ハネムーンを過ごした別荘は、思い出が多すぎる。

馬車に揺られて、見慣れた景色を見ているうちに、やっと涙が出てきた。最初から自分は伯爵夫人なんて柄《がら》ではなかったのだ。彼が工場を改革しようとしているから、自分も必死でそれに加わろうとした。その努力も、認めてもらえてなかった。

グリフィンから冷酷《れいこく》にも、必要ないと言われて、シャーロットはショックを受けていた。

自分がしてきたことが、彼にはつまらないことのように見えていたのだろう。彼の役にも立てなかった。伯爵夫人としても務まらない。何度抱き合っても、自分は彼のベッドの相手以上の存在にもなれなかったのだと思うと、落ち込むしかなかった。

夜になり、ロンドンに着く。懐かしい屋敷の前に立つと、明かりがほんのりと見えていて、ほっとした。ここには、わたしを温かく受け入れてくれる人達がいると思うと、痛いほどの苦しみの中にもほんの少し喜びを感じた。

扉を叩くと、執事が開いた。

「お嬢様！」

彼にとって、自分はいつまでもお嬢様なのだ。嬉しくて泣きそうになりながら、中に迎え入れられた。

「一体、どうなさったんですか？　お一人で……？　伯爵様は？」

「わたし……戻ってきたの」

それだけを言うと、涙がどっと出てきた。執事は優しく肩を抱いて、まるで子供をなだめるように背中をとんとんと叩く。

「大丈夫でございますよ。ここはお嬢様のご実家ですから。……さあ、こちらへ」

執事に励《はげ》まされながら居間に行くと、そこにいたロレインが目を丸くした。

「まあ、シャーロット！　一体、どうしたの？」

ソファに座らせられて、シャーロットは彼女に今まであったことを簡単に話した。

「そんなことをする人じゃないように見えたのに……」

継母の意見に、シャーロットは頷いた。自分もそう思っていた。しかし、彼は最初から二面性があったようだ。優しい顔を見せるときもあり、信じられないほど冷酷な顔を見せるときもある。あんなに子供には優しいのに、シャーロットには素っ気ないことが多かったし、父には復讐《ふくしゅう》まで企《たくら》んでいた。

どちらの顔が本当なのか判《わか》らない。だが、彼はきっとシャーロットには優しくすることをやめたのだろう。

心がボロボロに傷ついていた。もう、立ち上がれない。

今までいろんなことがあった。スキャンダルの渦中《かちゆう》に置かれて、社交界からふしだらな娘と呼ばれたりもした。結婚は復讐の道具みたいなもので、追いつめられた父はすべてを失い、家族を捨てて、アメリカに行ってしまった。

それなのに……。

わたしは彼を愛していた！

なんて馬鹿なの。報われないのに、ずっと愛し続けていたなんて。

泣きじゃくっていると、家政婦が温かい紅茶を持ってきてくれた。執事がおろおろとしていて、ロレインは肩を抱いて、慰《なぐさ》めてくれている。

ニックもルビーももう寝ているのだろうが、もしここにいたら、一生懸命に慰めようとしてくれたはずだ。

わたしにはまだ家族がいたわ……。

家族だけではない。小さい頃から知っている人達もいて、みんなが泣いている自分を慰めてくれている。

シャーロットは泣き止んで、涙を拭いた。

「……ありがとう、みんな」

小さな声で呟《つぶや》くと、みんなが温かい顔で頷いた。

翌日から、シャーロットは泣くのをやめた。泣いても仕方がないし、泣けば周囲の人を心配させるからだ。一人でいるときは特に、自分が失ったたくさんのものを思い出すので、泣かないほうがいい。

早い話が、できるだけ何も考えないようにしたということだ。自分のあそこがよくなかったとか、あれが悪かったのだとか考えたところで、取り返しのつかないことがある。思い出を辿《たど》ってみても、虚《むな》しいだけだ。

もう少し時間が経てば、きっと素直に今度のことを思い出すことができるかもしれない。しかし、とにかく今はできない。いや、つらすぎるから、したくなかった。

ロレインは毎日、シャーロットをあちこち引っ張り回した。読書会や朗読会、それから音楽会や刺繍《ししゅう》の会、絵画鑑賞会など、彼女に連れられて、出席した。最初は例のスキャンダルもあって、白い目で見られることもあったが、彼女が行く会の出席者は気取った人が少なく、やがてシャーロットも馴染《なじ》んでいった。

それにしても、ロレインの顔の広さには驚いた。父も自分の妻がこれほどの人脈を持っているとは、知らなかったに違いない。舞踏会などに出なくても、上流社会に友人は作れるのだ。

そして、暇があれば、ニックやルビーと遊んだ。一人でぽつんと過ごせば、余計なことを考えることになるからだ。時々、工場で子供達に読み書きなどを教えていたことを思い出すが、きっとグリフィンが自分の代わりをすぐに見つけたに違いない。

伯爵夫人の代わりも、もういるのかもしれない……。

最初はグリフィンが迎えにきてくれるのではないかという期待もしていたが、最近はもうそんなことは考えていない。馬車を向こうに返したので、グリフィンはシャーロットがどこにいるのか、御者から聞いて知っているはずだ。それでも迎えにこないのだから、自分には会いたくないということに違いない。

ロンドンに来て、二週間ほどが経ってから、シャーロットは午前中に一人で公園を散歩するようになっていた。やっと少しずつ現実を受け入れる気になってきて、一人で散歩をしながら、いろんなことを考えた。グリフィンのことをずっと考えまいとしていたが、結局、それは逃げているだけに過ぎない。

もっとも、考えたところで、自分のできることはもうない。この結婚はすべてグリフィン次第だ。グリフィンが離婚したいというのなら、それも仕方がない。元々、自分達の結婚は間違った動機でなされたものだからだ。

救いは、まだ身ごもっていなかったことだけだ。本当は彼の子供が欲しかったが、ロンドンに戻ってから、身ごもってないことははっきりした。

いくら、自分が彼を愛していても、愛されていないものはどうしようもない。自分は努力したし、彼がそれを評価しないというのなら、これ以上、努力しても無駄なのだ。

ただ、最後まで、自分はグリフィンの考えていることが理解できなかった。どうして、あそこまで激しく出ていけと言い渡されなければならなかったのだろう。もう顔も見たくないほど、嫌われてしまったのだろうか。

今日も、シャーロットは朝食を摂《と》ってから、すぐに散歩に出かけた。最初は一人で出かけることに対して、執事が心配していたのだが、今は慣れたようだった。自分は未婚の娘ではないし、既婚者だから、その点は便利だった。

シャーロットは一人でゆっくりと公園を歩いていたが、池のほとりに来ると、ぼんやりと水鳥を眺めた。ここでグリフィンがニックやルビーを肩車して、喜ばせていたことを思い出す。あの頃からすでにシャーロットはグリフィンに惹《ひ》かれていて、彼の姿を見るだけで、胸をときめかせていたのだ。

二人だけで会おうとか、恋人になろうとか言われれば、すぐにその気になった。だが、それも当たり前だ。あの前から好きだったのだから。好きな人に甘い言葉を囁《ささや》かれて、その気にならない娘など、いるだろうか。

シャーロットは溜息をついた。思い出は美しいというが、確かにそうだ。あの後、醜《みにく》い出来事があったのに、それを忘れて、彼と幸せになりたいと願ってしまったのだから。

だ。

「シャーロット……」

低い声がすぐ後ろから聞こえてきて、シャーロットはドキッとした。

まさか……。

こんな夢をよく見たことがある。振り返ると、別人なのだ。だが、これは夢ではなく、現実だ。

恐る恐る振り返ってみる。すると、そこには以前より痩《や》せたグリフィンの姿があった。

「グリフィン……！」

信じられなかった。彼がここにいるなんて。てっきりまだメイヤー邸であった屋敷にいると思っていた。

「どうしてここに？　いつからロンドンにいるの？」

「しばらく前からいた」

それなのに、迎えにこようという気はなかったのだろうか。それなら、ここで会ったのは偶然ということなのかもしれない。シャーロットは自分が愚かな希望を抱いたことで、落ち込みそうになった。

わたしはいつまで彼に気持ちを引きずられればいいのかしら。

もう忘れたほうがいい。彼に出会ったせいで、自分の人生は滅茶苦茶《めちゃくちゃ》になった。これ以上、彼に感情を乱されたくなかった。もう、泣いたりするのは嫌だ。

そうだ。期待などしなければいい。彼とは終わったのだ。

「しばらく前から……君が公園を散歩することに気づいて、遠くから見ていた」

「えっ……」

驚いて、シャーロットは彼をじっと見つめた。

彼は一体、何が言いたいのだろう。しばらく前から、自分がここで散歩しているのを見ていながら、今まで声をかけてこなかったのは、何故なのだろうか。

「どうして、遠くから見ていたの？」

声をかけてくれればよかったのに！

わたしはずっと待っていたのに！

シャーロットは心の中で彼を非難した。

「私が君に出ていけと言ったんだ。君は必要ないなんて言ってしまった。君に謝る方法を幾通りも考えたが、どれも成功しそうになくて……。結局、君になんと言っていいのか、私には判らなかった」

「まあ……」

シャーロットのほうは彼のそんな言葉に、なんと返していいか判らなかった。彼はどうやら謝る気でいたらしい。それなら、早く迎えにきてほしかったのに。どうして、こんなに時間がかかったのか、シャーロットには理解できなかった。

「あの日……頭が冷えて帰ってきたら、君は出ていった後だった。追いかけようと思ったが、意地を張ってしまった。君はすぐに戻ってくると思っていたんだ」

「だって、出ていけと言われたんだもの……」

彼はその言葉に頷いた。

「君がロンドンの実家に戻ったことが判って、少し安心した。君を温かく受け入れてくれる場所があったんだから、私がのこのこ出ていけば、君をまた苦しめるんじゃないかと思った。そうするうちに、ブロズナンの婚約の話を聞いて……」

「そうよ。わたしはあのとき、フィリップにおめでとうのキスをしていたのよ。少し前から、彼に相談を受けていたから」

あのとき説明したかったのに、彼が聞く耳を持たなかったのだ。彼がちゃんと聞いてくれれば、よかったのだ。だが、彼は頭に血が上っていたようだったし、あのときなら、おめでとうのキスも伯爵夫人としてはみっともないと言われたかもしれない。

「……すまない」

グリフィンはとてもつらそうな顔をして、謝った。

そんな顔をされて、シャーロットは思わず彼を慰めたくなってきてしまった。しかし、そんな慰めを、彼が受け入れてくれるかどうかは判らない。

「後で、ブロズナンと話をしたよ。君のことは妹のように思っているだけだと、彼は言っていた。君だって、ただの友人だと言っていたが、私は噂《うわさ》のほうを信じてしまった」

フィリップと自分が結婚するだろうという噂があったことなど、シャーロットは知らなかった。誰がそんな噂をしていたか知らないが、わざわざグリフィンに聞かせるなんて、悪意があるとしか思えない。

「でも、どうして噂を信じたりしたの？　わたしは否定したのに」

「決まっているだろう？　私は嫉妬《しっと》していたんだ！」

それを聞いた途端、シャーロットの胸に温かいものが広がっていった。

嫉妬したということは、彼はわたしのことを好きでいてくれているのかもしれない……！

ずっとそうではないと思っていた。彼が結婚前に甘い言葉で囁《ささや》いたのは、自分を誘惑するためだけで、本気ではないと思っていたのだ。

「嫉妬でありもしないものを見ていた。そのとき、私は気がついたんだ。私は自分の父親そっくりだと」

「お父様に……？」

「ああ。私の父は母を追い出した。浮気をしたと決めつけて離婚したんだ。だが、その根拠はまったくなかったと、後になって親戚《しんせき》に教えられた。父は思い込みだけで母を罰し、そのために母は死んだんだ……」

それなら、彼の母親はまったく悪くなかったことになる。無実の罪で裁かれた上に、息子と離されて、実家にも受け入れてもらえず、工場の劣悪な環境の中、病死してしまった。

「母のことで、一番悪いのは父だ。私は父が大嫌いだった。私に母の悪口を吹き込み、女を信じるなと教え込んだ」

「でも、あなたはお母様を愛していたんでしょう？　悪口を聞かされても」

「悪口を信じたこともあった。しかし、乳母を通して手紙を受け取ってからは、信じなかった。だが、父の呪いのような言葉は、ずっと私の胸に仕舞いこまれていて、君とブロズナンが手を取り合っているのを見たときに、甦《よみがえ》ってきたんだ。そして……嫉妬のあまり、君がブロズナンを好きなんだと思い込んでしまった」

そんなふうに思い込む何かが、自分とフィリップの間にあったとは思えないが、彼があまりに苦しそうに顔を歪めているので、シャーロットは非難するのをやめた。

自分が責めなくても、彼が後悔し、そのことで一人で苦しんでいるのは明らかだったからだ。もちろん、他の男性に浮気心を抱いてないことを信じてほしかったが、彼に気持ちを打ち明けようとしなかった自分にも非はあるかもしれない。

そもそも、彼は言っていたのだ。『君の考えていることが判らない』と。

「私は父にまだ支配されているんだろうかと考えた。君に許しを請い、連れて帰ったとしても、また君を疑ってしまうかもしれない。そう思うと、離れていたほうがいいのかもしれないとも思った」

「そんなことはないわ……」

シャーロットがそう言うと、グリフィンははっとしたように目を瞠《みは》り、じっとこちらを見つめてきた。まるで、何かにすがるような目つきで、シャーロットは戸惑った。

「ブロズナンに言われたんだ。誠心誠意、君に話せば判ってくれるはずだと。素直に気持ちを打ち明けろと……」

それは、自分がフィリップにアドバイスしたことと同じだった。それをそのまま、グリフィンに話したのだ。

「ええ。わたし、あなたの気持ちがすべて知りたい。いつも、あなたの考えていることが判らなくて、戸惑ってばかりだった」

グリフィンは引き攣《つ》るような笑みを見せた。彼がこんなに緊張しているのを、シャーロットは初めて見た。それでも、彼が勇気を振り絞《しぼ》って、本当の気持ちを話そうとしているのだと判る。

そういうところが、今まで見たどの彼よりも、ずっと男らしく見えた。

「君を初めてこの公園で見たときから、君に惹かれていたよ。メイヤーの娘だと知っていたから、好きになるなんてあり得ないと思った。でも、君はとても綺麗《きれい》で、弟や妹に優しげに接していた。いつの間にか好きになっていたよ。その気持ちをなかなか自分では認められなかったが」

彼は初めて会ったときから、好きでいてくれたのだ。シャーロットは嬉しくなって、自分の気持ちを告白する。

「わたしも同じよ……。この公園で、あなたに惹かれたわ。でも、あなたは本心をなかなか見せなかった」

シャーロットの言葉を聞いて、彼の表情が柔らかくなった。目元が優しくなってきて、そんなふうに見られていると、ドキドキしてくる。

「復讐《ふくしゅう》のことで、頭が凝《こ》り固まっていたからだ。君が誰か裕福な男と婚約してもらっては困るから、少しだけ評判を落とそうと計画した。もちろん、宿屋のことは計画していたわけではなくて、私はただ君に恋人がいるらしいと噂が立てばよかったんだ」

「わたしはあなたが好きになっていたから、誘惑されて、あっという間にあなたを信じて、恋人になった気分でいたわ……」

あのときの浮かれた気持ちを思い出し、シャーロットは顔を曇らせた。あれが復讐のためだったと判ったとき、身体目当てに騙されていたと思ったときより、ずっとつらかった。

「わたしは騙されやすかったのよね……」

「私は母のためだと思いながらも、良心の呵責《かしゃく》に耐えかねた。だが、誓って言うが、君のことは本当に好きだったんだ。でも、傷つけている自覚はあったから、つらかった」

「そうなの……？」

「ああ。宿屋でのことは……逆に私が誘惑に負けてしまった。抱いてはいけないと判っていたのに、どうしても我慢できなかった……」

彼の情熱的な態度が、シャーロットをその気にさせたのだ。シャーロットもまた彼に誘惑されたと言える。

「わたしも……我慢できなかったわ。理性がなくなっていたの」

グリフィンはそれを聞いて、にっこりと微笑《ほほえ》んだ。あのときのことを思い出したからだろう。だが、また顔を引き締めた。

「あのとき、私は本気でプロポーズをしたんだよ。あれは騙したわけではなかった。ただ……あのときはまだ、君のお父さんに結婚の許可をもらいにいくわけにはいかなかった。計画があったから、まだ自分の苗字《みょうじ》も爵位も告げるわけにはいかなかったんだ」

「復讐を……しなくちゃいけなかったから？」

グリフィンは重々しく頷《うなず》いた。

「あの後、君に夢中になり過ぎた頭を冷やすために、しばらくロンドンを離れていたから、あのことがあそこまで大きなスキャンダルになっているなんて、思いもしなかった。だから、君のお父さんを罠《わな》にかけるのと同時に、君となるべく早く結婚したんだ」

「あのとき、あなたはとても冷たかった……。脅迫したじゃないの」

こうして説明された今では、あのときの彼の気持ちがだいたい判るが、当時は判らなかった。

ただ、脅迫されて、自分を裏切った相手と結婚することになったのだ。それでも、やはり嬉しい気持ちもあった。彼と結婚したかったからだ。

「君に拒絶されるのが怖かったんだ。騙していたし、スキャンダルで君は苦しむことになった。もう嫌われたかもしれないと思っていたから」

「嫌いになりたかったわよ！　どんなに憎んでしまいたかったことか！　でも……できなかった。最初から騙されていたと判ったのに、あなたと再会して嬉しい気持ちもあったの。強要されたくせに、本心では結婚を喜んでいたの」

彼はまた微笑んだ。優しく柔らかな笑顔で、シャーロットは初めて彼を見たときのことを思い出した。

「君は……私のことをずっと好きでいてくれたんだ？」

シャーロットは頬《ほお》を赤らめて、頷いた。この期《ご》に及んで嘘をついても仕方がないが、なんとなく恥ずかしかった。今までずっとこの気持ちを隠していたからだ。

「私はそれが判らなかった。君のお父さんを破滅させたことや、そのために結婚を利用したこともあって、絶対に嫌われていると思っていたから、余計に、君がブロズナンと親しげにしていたから誤解したんだ」

「わたしはあなたにとって復讐の道具としてしか価値がないと思っていたの。結婚もそうだって、あなたが言ったし」

「どうしても君が好きだと言えなかったんだ。信じてもらえなくても、君が好きだから結婚したと言えばよかったのに……」

彼がどうしてそう言えなかったのか、今では判る。嫌われていると思っていたから、自分の気持ちを告白できなかったのだ。それは自分も同じだった。復讐に利用されたと知って、自分から弱みを見せることはできなかったからだ。

「だったら、優しくしてほしかったわ。ニックやルビーには優しい顔を見せるくせに、わたしには冷たかったもの。わたしは……わたしは……あなたに愛されたかったのに。それだけが望みだったのよ」

シャーロットの本心からの望みに、グリフィンは優しい笑みを見せた。今日はこの笑顔をたくさん見られて嬉しい。

「君は愛されたかったんだ？」

「そうよ。だから、工場に出かけて、わたしにできることがないか探したわ。とにかく、あなたに認めてもらいたくて、必死に努力をしたの。でも、全然あなたは気づいてなくて……」

「気づいていたさ、もちろん。なんて誇らしいんだろうと思ったよ。君みたいな人を妻にして、自分は幸せ者だと思っていたに決まっている」

今頃になって、彼は何を言っているのだろう。もっと早く打ち明けてくれたらよかったのに。自分達のすれ違いぶりは、こうやって検証してみると、面白いことなのかもしれない。

「よかった……。わたしの努力は報われたわね」

「その努力がなくても、すでに私は君を愛していたけどね」

さらりと彼は愛の告白をしてきた。

シャーロットは目を丸くして、彼を見つめた。すると、彼は少し照れたような顔で、優しげに微笑んだ。

「い……今も？　愛してる？」

「もちろんだ。君を愛してる。これからもずっと……」

「ああ、グリフィン！　わたしもあなたを愛しているわ！」

シャーロットの声は震えていた。そして、グリフィンは蕩《とろ》けるような微笑みを見せた。

グリフィンはシャーロットを宝物のようにそっと抱き締めた。それがとても幸せに感じられて、うっとりしてくる。

「戻ってきてくれるね？」

「ええ、もちろん」

シャーロットの答えに、彼は優しげで笑う。そして、そっと抱き締めて、キスをしてきた。

そっと目を閉じると、風が吹き抜けていき、長い髪がなびいていく。

唇が離れ、目を開けると、彼は今までにないくらい幸せそうに微笑んでいた。愛する人のそんな顔を見ただけで、胸の鼓動が高まった。

「どうして……ここでキスをしたの？」

「誰かに見られたら困る？」

少し考えて、シャーロットは首を振った。自分達はもう結婚している。見咎《みとが》める人はいても、今更、なんのスキャンダルになるだろう。

「これから一緒に帰ってくれるかい？」

「もちろん！」

シャーロットは即答した。


まずは継母と弟妹が暮らす屋敷に、二人で戻った。

グリフィンは執事にも継母にも家政婦にも、ひどく警戒されて、苦笑していた。自分がまた彼に傷つけられるのではないかと、みんな考えたのだ。シャーロットが泣きじゃくったのを見ていたせいだろう。

グリフィンは、彼女を二度と悲しませたりしないとみんなに約束しなければならなかった。

そして、シャーロットは荷造りをして、グリフィンがしばらく前から暮らしていたロンドンの屋敷に移った。

このところ、ずっとグリフィンの機嫌は最悪だったらしく、シャーロットはここの執事に感謝された。奥様が戻ってきてくれて嬉しいと。

荷解《にほど》きが終わり、やっと落ち着いたときには、もう夕方に近い時刻となっていた。夕暮れの中、二人は庭を散歩した。ここもまた思い出のある庭だ。あのガーデンパーティーのことを話しながらも、二人はただ手を繋《つな》いで歩くことに幸せを覚えていた。

夕食を食べ終わる頃になると、グリフィンはもう限界だったらしく、シャーロットの手を取り、寝室へと急いだ。そして、化粧台《けしょうだい》の前に立たせる。

「さあ、シャーロット。今日は私が君の寝支度《ねじたく》を手伝おう」

「もう寝る時間かしら？」

グリフィンがにやりと笑うのが、鏡の中に映っていた。

「いや……ベッドに入る時間だ」

彼はシャーロットを後ろから抱き寄せると、胸を両手で包んできた。

「君のことがずっと恋しかった」

そう言いながら、彼の手はいやらしく胸を這《は》い回っている。コルセットをつけていたが、その中で、胸の頂《いただき》が敏感になっていく。

「わたしも……わたしもあなたが……恋しかった！」

グリフィンはクスッと笑って、長い髪をかき分けて、首筋にキスをする。

「こうして正直に気持ちを打ち明けるのは、気持ちがいいことだったんだな」

「そ……そうね……」

声が震える。彼が首筋に唇を滑らせていったからだ。

「さあ、こんな邪魔なものは脱いでしまおう」

彼は背中に並ぶ小さなボタンに触れて、それと格闘しながら外していく。彼は器用だと思っていたのに、そうでもなかったようだった。それとも、今は気が焦って、ボタンなんていっそ引きちぎってしまいたいと思っているのだろうか。

シャーロットは、それはそれでロマンティックだと考えていた。もちろん、その相手はグリフィンでなくてはならないが。

他の誰かなんて、いらないんだもの。

彼こそがわたしの王子様なのよ。

初めて公園で見かけたあのときから、シャーロットは恋をしていた。彼が熱い視線を送っているように思えたのは、やはり気のせいではなかったのだ。

彼はボタンを外すと、ドレスをいやらしい手つきで脱がせていく。だいたい、どうして鏡に向かって、脱いでいかなくてはならないのだろう。もちろん、わざとなのだろうが。

一枚一枚、彼は鏡の前で、シャーロットの着ているものを脱がせていく。そして、徐々に肌が現れていった。

やがて、鏡の前に裸で立っている自分を見ることになる。シャーロットはこんなにまじまじと自分の裸を見たことは、今まで一度もなかった。

「あ、あなたは……一枚も脱いでないわ」

「脱がせてくれるか？」

シャーロットは頷き、彼の服を剝《は》ぎ取っていく。彼のように、時間をかけていられない。手早く上着を脱がせ、クラヴァットを取り去る。シャツのボタンを外し、それも毟《むし》り取る。

筋肉のついた上半身が現れ、シャーロットはほぼ無意識のうちに、裸の胸に口づけていた。

「……シャーロット？」

はっとして顔を上げる。無意識でしたことだから、妙に気恥ずかしかった。意識しての行動ではなく、彼の胸にキスをしてみたくてたまらなかったのだ。

「ああ、シャーロット……。そんな恥ずかしそうな顔を見たら……」

グリフィンはシャーロットを抱き締めて、唇を奪った。彼にどうやら火をつけたということだけは、容易に判った。

舌で口の中をまさぐられ、舌をからめとられる。深い口づけに、シャーロットは眩暈《めまい》のような快感を覚えた。

彼の手は裸の背中に這わせられる。そして、腰を両手で摑《つか》まれて、ギュッと自分の腰に押しつけてくる。彼のものが固く反応しているところが判った。

「ああ……シャーロット……」

お尻を両手で撫《な》で回しながら、彼は呟《つぶや》いた。

「あぁ……んっ……ん」

後ろのほうからいきなり秘部をまさぐられて、シャーロットは驚いた。まして、自分が彼の指を受け入れやすいように、つい脚を開いてしまったことに気づいたときには、もっと驚いた。

「なんて……柔らかいんだ。君の中は…もう蕩《とろ》けきっているよ……」

彼はいやらしいことを囁きながら、指を出し入れしていた。彼の腕の中で、ビクビクと自分の身体が震えているのが判る。

「あぁん……あぁ…ぅっ……」

彼は身を屈めて、シャーロットの胸に唇を這わせた。柔らかい乳房の蕾《つぼみ》を口に含まれたとき、シャーロットは仰《の》け反《ぞ》った。大きすぎる喜びに、むせび泣くような声を出す。

「も……もぅ…ぁ……あぁ」

キュッと吸われて、思わず頭を左右に振る。すると、長い髪が背中の上で揺れた。

「ああ、ダメだ！」

彼はいきなりそう言うと、指を引き抜いた。

「え、あの……」

我を忘れて、快感に浸っていたのに、急にやめられて、動揺《どうよう》する。だが、彼に抱き上げられて、ベッドに連れていかれると、その理由にすぐに気がついた。彼はシャーロットに火をつけるつもりで、自分にも火をつけてしまったのだろう。彼が手早く自分の残りの衣類を取り去る。すると、彼のものが固く勃《た》ち上がっているのが見えた。

シャーロットは手を伸ばして、そこに触れた。

「もっと……触ってくれるか？」

彼も触られるのが好きなのかと、一瞬驚いた。だが、確かにそうだ。いつも自分が触られてばかりで、一方的に愛撫してもらってばかりいた。

シャーロットは身体を起こすと、代わりに彼に横になってもらった。そして、今までとは逆に、彼の身体に少しずつ触れて、キスをしていく。

そして、最終的に股間《こかん》に触れてみた。勃ち上がっている部分を両手で包み、それから先端にキスをする。彼はよほど気持ちがいいのか、小さく呻いた。シャーロットは彼の反応に気をよくして、クスッと笑った。

彼のものを口の中に迎え入れて、舌を絡みつかせる。ほどなく、彼の腰が動いていく。

「ダメだ……！　シャーロット……顔を上げてくれ！」

警告するような彼の声に驚いて、シャーロットは顔を上げた。彼は素早く起き上がると、シャーロットをシーツに押しつける。

「すまない。もう……ほんの少しも待てないんだ！」

シャーロットは両脚を抱え上げられると、挿入されていた。奥まで彼のもので満たされたとき、シャーロットの身体はビクンと跳ね上がる。

「わたし……あぁ……あっ……んんっ」

何度も突き上げられて、シャーロットはたちまち快感の渦《うず》に巻き込まれていく。

グリフィンも他に何をする余裕もなく、ただ夢中で腰を動かしている。それが、シャーロットには何故だか感動的な姿に見える。こんなふうに貪《むさぼ》るほど、彼は自分に飢えていたのだ。

他の誰でもなく、彼はシャーロットだけを求めていた。

そして、わたしも……。

彼でなくては絶対に嫌だったの。

やがて、シャーロットは腰を突き上げるような鋭い快感に、全身を貫かれた。

「あぁ、あぁぁっ……！」

ギュッと目を閉じて、彼にしがみつき、背中を仰け反らせる。彼もシャーロットの中を一突きすると、低い声を洩《も》らした。彼が自分の中で熱を放ったのが判る。

彼は崩れ落ちるようにして、シャーロットの身体の上に覆《おお》いかぶさってきた。

熱い身体が重なっている。互いの鼓動が溶け合って、ひとつになるような気がした。

「シャーロット……愛してる。愛してるんだ……」

彼はシャーロットの頬《ほお》を両手で包んで、じっと顔を見つめてくる。それから、唇を貪ってき

た。

身体がまだ彼を求めている。快感はひとつ通り過ぎたが、また別の快感が戻ってきそうな気もしてくる。シャーロットは一度だけでは物足りなかった。しばらくの間、彼と別れていたから、こんなふうになったのだろうか。

しかし、シャーロットはグリフィン以外の誰とも、こんなふうにはならないだろうということも知っている。

「わたしも……愛してるの」

小さく呟《つぶや》いた言葉は、またキスで封じられていった。

続けて二回も身体を重ねて、二人はしばらく動けなかった。けだるい余韻《よいん》の中、やっと身体を離したのに、それでもまだ彼はシャーロットの身体をしっかりと抱き寄せる。

「何度も君の夢を見たんだ……。君の身体が横にあって、満ち足りた気分になるのに、目が覚めると君がいなくて、自分のしたことを後悔するんだ」

彼は本当にわたしのことを愛しているんだわ……。

彼の言葉を疑っていたわけではないが、こんなに自分を取り戻そうとしているところを見たら、彼の中には、相当激しい愛情があったのだと判った。

「わたしも何度もあなたの夢を見たわ。似たような夢よ……」

「だが、君は後悔なんかしなかっただろう？　私は復讐《ふくしゅう》なんかとは関係なく、君と出会ったところを想像したよ。もしそうだったら、どんなによかっただろう。私もなんのわだかまりもなく、君に愛していると最初から告げられていたはずだと思うと……」

彼は心の底から後悔していたのに、それでも遠くから自分の姿を見ながら、声をかけることができなかったのだ。

拒絶されるかもしれないと恐れていたから。

おかしなものだ。最初から愛はそこにあったのに、二人とも気づかなかった。確かに、復讐が二人の間に横たわっていなかったら、こんなにも複雑なことにはならなかったに違いない。

わたしだって、きっと素直に告白していただろう。

あなたを愛しているわって。

「復讐をすると決めて、君のお父さんをずっと憎んでいたが、彼がアメリカに去った今になって、本当に憎んでいたのは、母を助けることができなかった自分自身だったのかもしれないと思うんだ」

グリフィンの新たな告白に、シャーロットは驚いた。

「だって、あなたはまだ子供だったんでしょう？」

「もちろんそうだ。厳しい父に阻《はば》まれて、どうすることもできなかった。けれども、母が追い出されたときの泣き声が、今も耳について離れない。あのとき……まさか母と二度と会えないとは思わなかったんだ。私は両親の喧嘩《けんか》を、じっと見ていることしかできなかった」

「それは、あなたのせいなんかじゃないわ。……どうすることもできなかったんだから」

そんなことまで、自分のせいにしなくてもいいのだ。彼は子供の頃に傷ついた心を、今も抱えていて、まだ完全には癒《い》やされていないのだろう。

「そうだろうか。私は自分が何かできたんじゃないだろうかと、いつも思っていた」

「だから……誰かに復讐せずにいられなかったのね……」

子供の頃の経験が、彼の心を捻《ね》じ曲げてしまっていたのだ。もちろん、父が復讐されて当然の人間だったのは、一人でアメリカに逃げたことで証明されている。工場の管理もひたすら利益優先で、ひどいものだった。

「でも、これからのあなたは、もう何も気に病まなくていいのよ。わたし達の間に、誤解はないんだもの」

「シャーロット……私は君を傷つけて……」

「もういいのよ。あなたがどうしてあんなに怒ったのか、今は判っているもの。あなたがまた怒ったとしても、今度は出ていったりしない。あなたが愛してくれているって判ったから、立ち向かえるのよ」

結局のところ、愛されていないと思っていたから、シャーロットは傷ついたのだ。

彼はこんなにもわたしを愛してくれているんだもの。

もう、傷つきようがない。

「わたし、これから日に一度は、あなたに愛してるって言うと思うわ」

自分の気持ちを素直に口にしていれば、彼も誤解はしないはずだ。黙っていたから、二人の間に亀裂が入ったのだ。

グリフィンはようやく微笑《ほほえ》んだ。

「私も君に何度でも言うよ。愛してるよ、シャーロット。君なしには生きられない」

彼の言葉は、シャーロットの心の奥深いところに浸透していく。彼の言ったことは、真実だからだ。

「君との結婚式をやり直したいと言ったら、反対するかい？」

「結婚式を？　でも、どうやって？」

「いや、結婚式そのものは無理だが、披露宴を開きたい。君の大事なブロズナンも呼ぶといい。ただし、その婚約者も一緒に招待しなくてはならないが」

彼の瞳がいたずらっぽく輝いた。

シャーロットの胸に温かいものが広がっていく。

「じゃあ、ハネムーンもやり直したいわ。あなたの領地にもまだ行ってないし」

「そうだな。それから……母の墓にも一緒に行ってくれないか？」

シャーロットは目を見開き、それからゆっくりと微笑んだ。同時に、何故だか涙が溢《あふ》れ出てきた。

彼の言葉が胸にぐっと響いた。

彼は誰より母親のことを慕《した》っていて、一緒に墓に行ってほしいということは、一番大事な部分を曝《さら》け出してくれたということなのだ。

わたし達はもう大丈夫……。

「どうして泣くんだ？　教えてくれ……」

突然涙を流したシャーロットに、グリフィンは驚いていた。シャーロットは微笑みながら、彼に言う。

「それはね……あなたの気持ちが嬉しかったからなの」

わたしを信じてくれるあなたの気持ちが。

胸に迫る感動を伝えたくて、シャーロットは身を乗り出して、彼にキスをしようとした。だが、その前に、彼に抱き締められて、唇を重ねられる。

愛してる……。

ただ、それだけを伝えたくて。

シャーロットはとても幸せだった。そして、きっと彼も幸せだろう。

グリフィンの口づけはどんなお菓子より甘かった。

あとがき

こんにちは。水島忍《みずしましのぶ》です。

『償いのウェディング～薔薇が肌を染めるとき～』、いかがでしたでしょうか。今回のヒーローであるグリフィンは、ヒロイン・シャーロットの父親に復讐《ふくしゅう》を企《くわだ》てていましたが、案外、優しいというか、非情になりきれないところがありましたよね。

そもそも、グリフィンが恨みを抱いているのは、本人の父親、祖父、それからシャーロットの父親メイヤーさん……の順ですけど、他の人がもう亡くなっているために、第三希望しか残っていなかったんです。

でも、メイヤーのことを調査するうちに、工場での労働環境のひどさを知り、彼から工場を奪って、母親を幸せにしてあげられなかった分、工員の生活を改善しようとします。……って、めっちゃいい人やん。復讐に燃える冷酷《れいこく》な男、ではないですねえ。

シャーロットとの関係はなかなか上手《うま》くいきませんが……。それでも、シャーロットの家族（父以外）には優しいという、微妙なツンデレ。本当はシャーロットにも優しくしたいのにねえ。

シャーロットはグリフィンにあっさり騙《だま》された分、後から彼のことがなかなか信じられません。しかも、復讐のことを知ってからは、尚更ですよね。お互いに本心を打ち明けないから、どちらにも不信感があって……。

そして、グリフィンもシャーロットに嫌われていると思い込んでいるものだから、嫉妬《しっと》したり、短気になってしまいます。そして、また嫌われる（と思い込む）悪循環。シャーロットも同じように「やっぱり愛されてない」と思う悪循環。まあ、そんな二人も素直になったら、幸せになりましたってことで（笑）。

さて、今回のイラストは『古城の侯爵に攫《さら》われて』でも描いてくださった氷堂《ひどう》れん先生です。前髪が長いヒロインは、私の作品では初めてだと思うんですよ～。それが、とても新鮮でした。おでこが出てる娘も可愛いんだーって感じで。グリフィンは端整な顔の貴族で、怜悧《れいり》な印象があるキャラになっていて、すごく私の好みです。

そして、口絵は私のリクエストで……作品中にはないのですが、すごく萌えなんです。お風呂エッチ（笑）。氷堂先生、色っぽい素敵イラストをどうもありがとうございました！

というわけで、今回のお話も皆様に喜んでいただけたら嬉しいです。それでは、また。

※この作品はフィクションです。実在の人物・団体・事件などにはいっさい関係ありません。

シフォン文庫をお買い上げいただき、ありがとうございます。
ご意見・ご感想をお待ちしております。

―あて先―
〒101-8050　東京都千代田区一ツ橋2-5-10
集英社 シフォン文庫編集部 気付
水島忍先生／氷堂れん先生

償いのウェディング
～薔薇が肌を染めるとき～

2013年5月7日　第1刷発行　シフォン文庫

著者　水島忍
発行者　鈴木晴彦
発行所　株式会社集英社
〒101-8050東京都千代田区一ツ橋2-5-10
電話 03-3230-6355（編集部）
03-3230-6393（販売部）
03-3230-6080（読者係）
印刷所　株式会社美松堂／中央精版印刷株式会社

※定価はカバーに表示してあります

ISBN 978-4-08-670024-5 C0193

「判っていますよ……。こうしてほしいんでしょう?」

傲慢で強引な幼なじみと秘密の甘恋♥

水島 忍
イラスト／北沢きょう
シフォン文庫

没落しそうな家を立て直すため、今回の社交シーズンに並々ならぬ期待をかける伯爵令嬢のイザベル。そんな折、大富豪となった幼なじみのクレイヴに再会するが、強引に純潔を奪われて…!?

「エリザベス、僕の天使……」

ハルノヤヨイ
イラスト／水谷悠珠

シフォン文庫

冷酷と噂のヘンリー卿に嫁いだエリザベス。彼はエリザベスに直接触れようとせず、従者のスチュアートに抱かせていた。エリザベスは過去に会ったことのあるスチュアートに密かに恋していて…。